2017

글길문학 44

글길문학동인회

▼ 2016년 12월 16일 글길문학동인회 송년회 및 43집 출판기념회

▼ 2017년 1월 11일 글길문학 정기모임   ▼ 2017년 2월 8일 글길문학 정기모임

▼ 2017년 3월 8일 글길문학 정기모임

▼ 2017년 5월 10일 글길문학 정기모임

▼ 2017년 6월 3일 제37회 안양시 여성백일장 참여

▼ 2017년 6월 14일 글길문학 정기모임

▼ 2017년 8월 16일 글길문학 정기모임

▼ 2017년 9월 20일 글길문학 정기모임

▼ 2017년 10월 27일 제 46회 관악백일장 참여

2017

글길문학 44

글길문학동인회

발간사

글길문학 제44집을 발간하며

김 용 원 글길문학동인 회장

    글길의 나이가 44집이라면 내 나이는 44세입니다.

    가을이 아픔으로 우리들을 즐겁고 행복하게 해 줄 때 우리는 마무리 준비를 합니다. 고향 들녘 누런 황금들판이 군대 가는 훈련병처럼 밀리다 보면 새로운 세상을 볼 수가 있습니다.

    작년 이맘때쯤 43집을 출간하며라는 인사말을 봅니다.

    저는 글길문학 즉, 근로문학을 시작으로 선배 선생님들과 작가님 또 동인님들 감사드립니다. 점점 오프라인으로 하는 공부보다 온라인으로 하는 글들이 대세인지라 오프라인 모임이라는 한계도 있겠지만 지금까지 성실히 이끌어 오신 전국의 많은 동인 단체들에게 다시 한 번 스스로 자랑스럽다고 말하고 싶습니다.

    저는 2016년 43집에서 아쉬움을 술 먹은 다음날 토해내듯 2017년에서 절실하게 하지 못한 활동에 대한 반성을 합니다.

    해마다 하는 어리석음으로 이제는 내려놓아야 합니다.

저는 또 오산독도사랑운동본부라는 독도 지킴이 일도 하고 있습니다.

"역사를 잊은 민족에게는 미래가 없다"

돈 안 되는 일이지만 애국이라고 믿고 열심히 하고 있었고 지금은 나름 자랑스럽다고 스스로 위안을 삼고 하는 일이 오산독도사랑운동본부입니다.

또한 25년을 함께 해 온 글길문학회에 많은 시간을 낼 수 없어 더더욱 미안하고 죄송스러운 한 해가 가네요. 시간이 지날수록 내려놓을 일들을 생각하게 됩니다. 나 아니면 안 돼! 라는 그런 얼토당토않은 생각일랑 버려야 한다는 걸 진작 알았어야 합니다. 그래도 한 해 동안 정말 명분을 세워 주신 글길문학동인회 모든 분들께 다시 한 번 감사드리며 더 애절하게 모임 날을 기다려 주시는 김대규 선생님께 감사드립니다.

세월은 흘러 시의 세계, 작품의 세계는 진화되지만 우리들의 처음을 잊어서는 안 됩니다. 그래서 역사와 전통을 중히 여기지 않나 생각합니다.

2018년 새로운 도약의 기회로 보고 우리들과 함께할 좋은 신인작가들을 찾아서 함께했으면 합니다. 지금도 괜찮아라는 그런 나약한 생각으로는 안됩니다. 안주보다는 찾아가는 동인회가 되어 누구나 쉽게 함께할 수 있는 글길문학회를 만들어 갔으면 하는 바람입니다.

나뭇잎들은 자기의 일생을 알고 아름답게 인사를 합니다.

글길문학동인회원님!

마음속에 조용히 살아 숨 쉬는 언어들을 꺼내 가을을 더 아름답게 꾸며 보자 구요.

모두 모두 건강하시고 행복하세요.
사랑합니다.

2017년 12월

이명

김용원

나에게 병이 왔다

감기처럼 왔다가 가는 병이 아니란다

갑자기 찾아 왔다

내가 오지 마라 말하지 않았다구 했다

그럼 같이 살아야 하나

이웃처럼 아니 가족처럼 가족보다 더하다

매일매일 나를 따라 다닌다

이제 적당히 타협도 하고

잊어도 주고 해야 되는데 언제쯤 무관심이 될까

같이 평생을 살아야 될 거면 친하게 지내야겠지

나의 미래도 나와 같이 설계를 해야겠지

여름에는 매미랑

가을에는 귀뚜라미랑

축사　안양문인협회 **박 인 옥** 회장

안양문인협회 **박 인 옥** 회장

글길문학 제44집 발간을 축하하며

겨울의 문턱에 들어선지 바람에 낙엽 뒹구는 소리조차 차게 느껴집니다. 한해를 마무리하는 계절의 끄트머리에서 올곧게 지켜온 문학의 온기로 가득한 글길문학 제44집 발간을 진심으로 축하드립니다.

무엇보다 올 한해 열심히 활동한 결과물들이 고스란히 담겨졌을 동인지를 발간하는 글길문학 동인님들의 노고에 큰 박수를 보냅니다.

노력은 배신을 하지 않는다고 합니다. 산고의 고통에 견줄 만큼 글쓰기는 무척 고단한 작업입니다. 글을 쓰고 다듬고 완성하기까지 부단한 노력을 아끼지 않았을 여러분들의 열정이 좋은 작품으로 보상 받을 거라 확신합니다. 또한, 안양지역 문학의 구성원으로써 35년이라는 역사를 이어가고 있는 동인인 분들이 무척 자랑스럽습니다.

글길문학동인회 여러분!
여러분들은 저희 안양문인협회에 없어서는 안 될 구성원이며 큰 버팀목입니다. 그 점 잊지 마시고 내년에도 열심히 도움주시고 함께했으면 좋겠습니

다. 다시금 글길문학 제44집 발간을 진심으로 축하드립니다.

  마지막으로 글길문학 제44집을 발간하느라 애쓰신 김용원 회장님과 글길문학동인님들 정말 고생 많았습니다. 그리고 몸이 불편하신 속에서도 여러분들과 함께하고 계시는 김대규 시인님의 건강과 안녕을 진심으로 기원합니다.

2017년 12월

44 2017 글길문학

【동인문단】

詩

隨筆

評論

역대임원명단

동인주소록

글길문학 소개

저희 글길문학동인회(이하, 동인회)는 처음엔 '근로문학동인회' 라는 이름으로 1981년 9월 그 해 안양상공회의소가 실시한 '근로문학상' 공모에서 입상한 입상자들이 중심이 되어 동인회를 결성하며 첫발을 내딛었습니다.

그러다 참여 동인들의 면면이 다양해지면서 1999년 '서돌문학'으로 개명되었다가 2002년 다시 '글길문학동인회'로 개명, 현재에 이르는 35년의 역사를 가진 안양지역 대표적인 문학단체입니다.

초기 참여했던 동인들은 안양, 군포, 의왕지역의 산업체에서 일하는 근로자들이 대부분이었습니다. 그들은 안양을 대표하는 김대규 시인과 바람의 시인 故안진호 시인을 지도 선생님으로 모시고 그분들의 지도아래 각자 산업현장에서의 다양한 체험을 문학작품으로 승화시켜 냈으며 또한 문학에 대한 열정과 사랑을 실천하며 문학 강연회, 시화전, 문학의 밤 등 다양한 문학행사들을 진행하였습니다.

이러한 열정적인 활동상은 언론에 알려졌고 1984년 KBS 제2TV '사랑 방중계' 라는 프로에 소개된 것을 필두로 1987년 8월 KBS 제3TV 'TV문예' 9월 KBS 제2라디오 '내 마음의 시' 1992년 EBS '직업의 세계' 그리고 기독교방송 '사람과 사람' 등에 소개되며 전국적으로 동인회가 알려지는 계기가 되기도 했습니다.

그러던 중 동인회는 그동안 신입 동인들의 배출창구 역할을 하던 '근로문학상' 공모의 주관자인 안양상공회의소 사정으로 18회를 마지막으로 폐지되면서 참여 동인들이 직장인, 가정주부, 학생 등 다양하게 참여하게 되면서 새로운 변화를 맞이합니다.

그 계기로 1999년 특정층을 표현하는 '근로문학동인회' 라는 명칭을 대신해 '서돌문학동인회' 라는 이름으로 개명하게 되었고 다시금 2002년 '글길문학동인회' 라는 이름으로 개명하여 현재에 이르고 있습니다.

동인회는 시, 수필, 소설, 동시, 동화, 평론 등 다양한 문학장르를 아우르며 활동했으며 수많은 동인들이 신춘문예를 비롯한 유수한 문학지를 통해 등단하였으며 또한 많은 문학상 입상자를 배출하였습니다.

동인회의 대표적인 정기적 간행물로는 1981년 12월 '근로문학'으로 창간하여 현재 43집까지 발행된 '글길문학'이 있으며 1985년 창간하여 현재 251호까지 발행된 '글길'과 정기적인 행사로는 매년 진행하고 있는 '글길 시화전'이 있습니다.

저희 글길문학동인회는 문학에 대한 순수한 열정을 바탕으로 생활 속의 다양한 소재를 문학으로 꽃피우고 있으며 보다 가치 있는 삶과 안양 지역 문학발전에 공헌하는 문학단체로 자리매김 하기 위해 열심히 노력하고 있습니다.

글길문학동인회 연혁

1981. 9.25   근로문학 창립총회
             (초대임원:회장/한석흥,부회장/김세진
             편집장/이필분, 총무/이경희, 감사/이재선)
1981. 12.   편운 조병화 시인 초청 문학 강연회
1981. 12.12 시화전 및 '근로문학'창간호 발행
1982. 5.27   제1회 문학의 밤(박범신 소설가 초청 문학 강연)
             제2회 시화전 개최
1982. 8   정규화 회원 '창비'시부문 등단
1983.   근로문학 여름호 제4집 발행
1984.   근로문학 신춘호 제5집 발행
1984. 11.17 KBS 제2TV '사랑방중계' 프로에 근로문학소개
1984.   근로문학 제6집 발행
1985. 9.9   글길창간호 발행
1985.   근로문학 7집 발행
1986.   근로문학 8집 발행, 남한강 문학수련회
1987. 2   서울신문에 '전국제일의 동인단체'
             근로문학 기사 게재
1987.   근로문학 제9집 발행, 김대규 시인 초청 문학강연회
1987. 8   KBS 제3TV 'TV문예' 프로에 근로문학 소개
1987. 9.6   KBS 제2라디오 '내 마음의 시' 프로에 최재석
             유명숙 회원 시낭송
1987. 12   근로문학 겨울호 제10집 발행
1989. 6   글길문학상 제정(제1회 수상자 양한민)
1990. 4.6   김기택 시인 초청 문학 강연회
1989. 6   근로문학 제15집 발행
1990.   근로문학 10주년 기념 특집호 16집 발행
1991.   근로문학 제17집 발행, 제9회 문학의 밤
1992. 4.21   EBS '직업의 세계', 기독교 방송 '사람과 사람'
             프로에 근로문학 소개

1992.	근로문학 제18, 19집 발행
1993. 5.21	글길 지령 100호 발행
1993.	근로문학 제20집, 21집 발행
	제10회 문학의 밤 개최
1994. 10.26	제10회 근로문학 이동시화전 개최
	(기아자동차 등)
	근로문학 제23집 발간
1995. 10.27	윤후명 소설가 초청 문학좌담회
1995.	근로문학 제24집 발행
1996.	근로문학 제25집 발행
1997. 12	근로문학 제26집 발행
1998. 5	글길 지령 160호 기념 글길 통합본제작
1998. 10	서경숙 회원 '월간문학시' 부문 당선
1998. 12	근로문학 제27집 발행, 근로문학 독립
	(안양상공회의소 구조조정)
1999. 1	석철환 회원 '농민신문' 신춘문예 소설 당선
1999.	유수연 회원 '시안' 신인상 당선
1999. 8	서경숙 회원 '현대시학시' 부문 당선
1999. 11	근로문학 제28집(개명 서돌문학) 제1집 발행
2000. 11.	근로문학 29집(서돌문학 제2집) 발행
2000.	글길 9-181호 발행
2001. 12	근로문학 20주년 특집호 제30집 발행
2002. 12	글길문학 31집 발행 (서돌문학에서 개명)
2004. 5	글길문학 32집 발행
2006. 12	글길문학 33집 발행
2007.1	김기동회원 '심상' (시)에세이문학(수필)당선
2007. 5	글길 지령 200호 특집 발행
2007. 6	이무천 회원 '좋은문학' (시)당선
2007. 8	글길문학 동인 안양문인협회 시화전 참여
	하계 야외 문학토론회 개최(안양예술공원)

2007. 11	유승희 회원 '순수문학' (시) 당선,
	최정희 회원 '화백문학' (시) 당선
2007. 11.27	글길문학 제34집 (동인 특집호) 발행
2007	글길 196호-204호 발행
2008. 5	글길 지령 제 208호 발행
2008. 5	제11회 글길문학 시화전 개최
2008. 10	글길문학 바다 배낚시 기행
2008. 12.12	글길문학 제35집 발간
2008. 12.30	안양문학60년사 및 안양문학19집 출판기념회
2009. 1.23	글길 213호 발행
2009. 3.26	정재원동인 시집 출판기념회 개최
2009. 4.9	글길문학기행 만해마을 방문
2009. 5.22	안양문인협회 시화전 참여
2009. 6.12	제12회 글길시화전 개최
2009. 7.11	글길모꼬지(홍천)진행
2009. 9.18	글길 219호 발행
2009. 10.23	글길 220호 발행
2009. 12.11	글길문학 제 36집 발행
2009. 12.17	박공수 동인 시집 출판기념회
2010. 5.1	김용원,소명식동인 등단
2010. 8	글길 228호 발행
2010. 10.22	제39회 관악백일장 참여
2010. 11.26	김대규시인 출판기념회
2010. 12.23	글길문학 제37집 발행
2011. 1.20	김용원 회장 시집 출판기념회
2011. 5.13	최정희부회장 시집 출판기념회
2011. 5.13	안양문인협회 시화전 참여
2011. 8	글길 229호 발행
2011. 10.22	제40회 관악백일장 참여
2011. 11	글길 230호 발행
2011. 12.17	글길문학 제 38집 발행

2012. 4. 5	제4회 안양군포문인 한마당 참가
2012. 6. 8-13	안양문협 시화전 참가
2012. 8	글길 231호 발행
2012. 10. 19	제41회 관악백일장 참여
2012. 10. 26	글길 232호 발행
2012. 12. 19	글길문학 제39집 발행
2013. 4. 21	제5회 안양군포문인 한마당 참가
2013. 5. 20	김용원회장 제2시집 출판기념회
2013. 6. 8-13	2013년 안양문협 시화전 참가
2013. 10. 18	제42회 관악백일장 참여
2013. 12. 17	글길문학 제40집 발간
2014. 1. 11	안양문협 신년산행 참가
2014. 1. 12	글길 233호 발행
2014. 3. 12	글길 234호 발행
2014. 6. 13-18	2014년 안양문협 시화전 참가
2014. 10. 6	신준희 동인 가람시조백일장 수상
2014. 10. 24	제43회 관악백일장 참여
2014. 11. 29	제19회 전국안양시낭송대회 참여
2014. 12. 20	글길문학 제41집 발행
2015. 3. 15	안양문협 신년산행 참가
2015. 4. 12	글길 235호 발행
2015. 5. 15-20	2015년 안양문협 시화전 참가
2015. 9. 1	신준희 동인 시조시학 수상
2015. 10. 15	글길 236호 발행
2015. 10. 23	제44회 관악백일장 참여
2015. 11. 11	글길 237호 발행
2015. 12. 23	글길문학 제42집 발간
2016. 1. 13	글길 238호 발행
2016. 2. 17	글길 239호 발행
2016. 3. 9	글길 240호 발행
2016. 4. 21	글길 241호 발행

2016. 5. 11	글길 242호 발행
2016. 6. 15	글길 243호 발행
2016. 6. 17	2016년 안양문인협회 시화전 참여
2016. 8. 10	글길 244호 발행
2016. 8. 25	김용원 회장 안양작가와의 만남 진행
2016. 9. 27	새마을문고 독후감 심사
2016. 10. 14	제45회 관악백일장 참여
2016. 10. 20	박공수 부회장 안양작가와의 만남 진행
2016. 12. 16	글길문학 제43집 발간
2017. 1. 11	글길 245호 발행
2017. 2. 8	글길 246호 발행
2017. 3. 8	글길 247호 발행
2017. 4. 12	글길 248호 발행
2017. 5. 10	글길 249호 발행
2017. 6. 3	제37회 안양시 여성백일장 참여
2017. 6. 14	글길 250호 발행
2017. 6. 23	2017년 안양문인협회 시화전 참여
2017. 8. 16	글길 251호 발행
2017. 10. 27	제46회 관악백일장 참여
2017. 12. 20	글길문학 제44집 발간

김대규

1942년 안양 출생
1960년 시집 『靈의 流刑』으로 등단
한국문인협회 자문위원, 안양문인협회 명예회장, 안양예총 고문
시집/ 『이 어둠 속에서의 지향』, 『흙의 사상』, 『어머니, 오 나의 어머니』,
『하느님의 출석부』, 『가을소작인』, 『외로움이 그리움에게』, 『나는 가을공부 중이다』
산문집/ 『시인의 편지』, 『사랑의 팡세』, 『사랑과 인생의 아포리즘 999』, 『늙은 시인의 편지』
평론집/ 『무의식의 수사학』, 『해설은 발견이다』 외 다수
흙의 문예상, 경기도문학상, 경기도예술대상, 경기도문화상, 편운문학상, 후광문학상, 한국시인정신상 등

특집

김대규 시인 _ 창세기 외 19편

창세기 외 19편
_섬·1

너희들은
창세기創世記를 읽지만
우린
창세기를 겪었어

다 입다물어!

등대
_섬·2

바다가 고요할 땐
로맨티스트.

폭풍이 몰아치면
레지스탕스.

이별
_섬·3

떠나야 사람이다.

헤어져야 사랑이다.

홀로 돼 봐야 섬이다.

무인도無人島
_섬·4

오지 마라
오지 마라

왼종일
파도의
손사랫짓

거리
_섬·5

너는 거기.

나는 여기.

담배
_섬·6

바위섬에 앉아
담뱃불을 붙이니
바람이 혼자 다 피운다.

줄임말
_섬·7

그리움 → 그림 → 글
서러움 → 설움 → 섬

요주의要注意
_섬·8

"야, 섬이다!"

"어이쿠, 인간들이다!"

정말 그렇다
_섬·9

섬 밖으로
나가보지 못한 섬 사람은
섬을 영영 볼 수 없다.

두 개의 섬
_섬·10

수평선수평선수평선수평선**섬**수평선수평선

바다바다바다바다바다바다바다
바다바다바다바다바다바다바다
바다바다바다바다바다바다바다
바다바다바다 **섬** 바다바다바다
바다바다바다바다바다바다바다
바다바다바다바다바다바다바다
바다바다바다바다바다바다바다

외로움
_섬·11

'외로움' 만한 넓은 섬이 있으랴
평생을 돌아다녀도
그 끝에 이르지 못한다.

파도
_섬·12

바닷가 모래 위에
'섬' 이라고 쓴다.

그러면 나는 그런 데 있으면 안 된다고
파도가 얼른 쓸어안고 간다.

섬·13

모여 있지 마

서로 떨어져 있어.

그래야 우린 섬이야.

조각 전시회
　_섬·14

바다 안개가
쫘악 걷히고 있다.
섬이 보이기 시작한다.

짜잔!
수상水上 조각전시회 개막식.

신^神
_섬·15

신은
지구를 만들고 후회했다
인간을 만들고는 더 후회했다.

섬을 만들고서야
마음이 풀렸다.

고독
_섬·16

고독은 방문하기는 좋아도
머물기는 언짢은 곳이라고
H·D·소로우는 썼다.

그는
섬에 가본 일이 없다.

다시 무인도
_섬·17

무인도에 올라
섬에게 물었다.
내가 처음이냐고.

섬이 대답했다.
아니라고,
이생진시인이 다녀갔다고.

혐오증
_섬·18

섬을 자주 찾는 사람은
세상이 싫은 것이고

섬에 가서 사는 사람은
사람에 지친 것이다.

귀향
_섬·19

홀로 섬을 떠난 처녀
세월이 흐른 뒤
등에 아기 하나,
손에 아이 하나 데리고 온다.

독서
_섬·20

바다는
물 두루마리 책이다.

바람이 읽으라고
펼쳤다 말았다 한다.

*위 시편들은 월간 「조선문학」(2017. 1월호 ~ 4월호)에 연재된 연작시입니다.

너는 누구의 친구니?

모래성

모래성을 쌓던 자리에
아직도 손길이 남아있다

봄밤의 꿈같은 하루가 가고
쌓다 만 모래성은 허물어져 가는데

한나절 이야기가 무성하던
간절한 성채 마다
적막한 달빛은 어둠과 손을 잡고
길 잃은 바람만 지나간다

하루가 끝없이 긴 줄만 알고
걸어온 자국은 하나씩 묻혀 가는데

잠시 가졌던 모든 것을 버려야 하는
한 생애의 작별을 한다

손을 씻으며 울던 아이는 어디로 가고
낯선 달만 무심하게 떠오른다

한낮의 연락은
무연한 바다 어둠으로 표류하고 있다

강한석

월간문예사조 신인상
한국문인협회 회원
한국미술협회 회원
오산시 예총회장

시간

정월 달력 걸어놓고
새해다짐 하고 돌아서니
섣달 달력이 보인다

그토록 잡아도 서지 않고
아껴두었던 세월도
속절없이 내 놓아야하는
무섭기 이를 데 없는

미치도록 사랑했던
순간들도 모두 앗아가며
두려움과
삶을 가르치다가
결국
다시 또 새로움으로
옷을 갈아입는다

김건중

「월간문학」으로 등단
국제PEN한국본부이사 및 기획위원장. 한국소설가협회이사
(사)한국문인협회 부이사장 등 역임
현재 / 한국작가회 회장. 계간〈한국작가〉발행인
　　　한국문인협회 자문위원
소설/『은행 알 하나』시집, 산문집 등 23권, 공저50여권
문화체육부상, 한국문학인상, 한국소설문학상경기도문화상,
중봉문학상, 류주현 문학상 등

기러기

가을이 뒷모습을 보이며
문턱을 넘는가 싶더니
어느새 소슬바람 부는 겨울이네
문풍지 몹시 떠는
화원 밖을 내다보니
푸르렀던 날들은 뒤꿈치를 든 채
오색 단풍 사이를 걸어 숲으로 갔다
귀를 기울이고 있던 나의 나이에도
덩달아 단풍이 들어
빈 들녘을 달리는 찬바람 소리
바람에 흔들리는 구름아
무슨 미련 그리많아
손을 떨고 있는가
세월을 끌고 가는
기러기의 날갯짓 사이에서
겨울의 울음소리가
뚝뚝 떨어진다

김선우

월간「문예사조」계간「한국작가」로 등단
오산시인협회장 역임, 한국문인협회 회원
한국작가 동인회 부회장, 사단법인 한국국보문인협회 자문위원
시집/「들판을 적시는 단비처럼」
명언집/「그 말을 거울로 삼고」
시선집/「길에서 화두를 줍다」외 다수
제2회 물향기문학상, 제20회 경기도문학상, 제23회 문예사조문학상
제6회 아름다운 한국문학인상, 제7회 후백 황금찬 시문학상
제16회 한국글사랑문학대상

밤하늘

하늘의 별이 떨어졌다고
사람들이 웅성거린다
너도나도 국화 한 송이
별의 영전에 놓으며
꾸벅 절을 한다

흔들리는 아침의 정적을 깨고
볼거리를 제공하듯
여기저기 쏟아져 나오는 인파들
한마디씩 흘리는 말에 의해
별이 떨어졌다고 하는 사람
달이 뜨고 있다고 하는 사람
그래서 밤하늘은 깜깜한 것인가
밤하늘에 살아가는 우리는
태양을 기다리는 이 밤이 길어
잠이 들어버리고 있다
별이 뜨고 달이 지는지도 모르고.

박효찬

강원도 속초출생
월간시 「사문단」 시 등단
현/ (사)한국문인협회 오산지부장
저서/ 『갈밭의 흔들림에도』, 『화려한 나들이』

달빛 성곽

서른에 걸어봤던 그 길
연민으로 바라보고 있는 소나무
그리움의 등피를 따라 휘어져
달무리와 우정을 나누듯 그렇게
의연했다.

먼 빛 속으로 바람은 잠들고
어느 집 감나무에 매달린
가을이 그리움처럼
덮이는데
문득 들어오는 햇살 한 줄기 비밀 통로를 지난다.

찬 바람소리, 옛적 횃불 소리
시공을 지우듯 깃발 흔들면
한 편의 노래가 될까.
그림자 하나 오래 오래 달무리 속으로 걸어가고 있었다.

성명순

한국문인협회 인문학콘텐츠 개발위원 ,국제PEN 한국본부 회원
경기문학포럼 회장
(주)에이스케미컬 사회공헌팀 상임이사
시집/『시간 여행』,『나무의 소리』
수상: 황금찬 문학상, 제9회 한국농촌문학상 최우수상 수상

조팝꽃

등짐을 지고 가던 그가 내게 묻는다
밥은 어디로 와서 어디로 가는 거냐고
그를 처음 만난 곳은 어느 허름한
돈 한 푼 내지 않아도
별과 달과 바람이 수시로 드나들던
하늘을 향해 입을 크게 벌린
동굴만한 구멍을
이엉 대신 이고 있던 함바집
작업복 단추가 하나씩 떨어져 나갈 때마다
지붕을 뚫고 들어온 차가운 바람은
그가 지고 다니던 벽돌의 무게보다
더 무겁게
그의 허리를 짓누르곤 했다
별과 달과 꽃이 빠져 나간
그의 빈 등공에 봄빛이 들 때쯤
비가 내렸다
그가 벗어 놓고 간 안전화 한 켤레
뒷굽이 떨어져 나가 기우듬해진
그의 삶이야 어찌됐던 쓰라리지만
그래도 그가 벗어 두고 간

안전화에서 내가 핀다는 것은
언제 어디에나
밥은 있다는 것이다

손창완

호: 佛樂, 보학(향토사) 연구가
박석수기념사업회 이사 (창립준비위원회 사무국장 역임)
시원문학동인회 회원, 평택아동문학회 회원, 한국계보학연구회 회원
「문예사조」 시부분 신인상 수상, 석남문학상 수상
저서/ 「밀양손씨동우종보」, 시산문집/ 「불악산」
논저/ 「새로운 가족 관계 등록제도의 도입을 지켜보면서」
    「족보는 학문적 보학이다」

容恕에 대하여…

긴 세월 못 잊음 하나로
당신이 지나칠 것 같은 길목에
독고마리를 심어놓고 기다려왔습니다.
당신의 옷자락에 붙어서라도 같이 가고 싶어서…

단 한 번이라도 당신이 꼭 용서의 길목을 지나가리라는 믿음을
신앙처럼 굳혀가면서…

흐르는 세월에 퇴색된 믿음이 수치입니까?
인생의 목적이 꽃을 피우기 위해선가요?
열매를 맺기 위해선가요?
벌써 서리가 내리고 있습니다.

내가 당신을 용서하지 못하는 것은
당신을 미워하고 증오하기 때문만은 아닙니다.
당신도 나와 같은 짐을 지고 있기 때문입니다.

용서의 시작은 잊는 거겠지요?
눈에 보이는 어느 것 하나
용서의 이유가 되지못한 지난 세월…
내 눈은 깊이를 알 수 없는 아주 먼 곳을 향했지만

항상 미움과 증오의 늪으로만 빠져든 세월이었습니다.

이제는 용서를 빌고, 용서를 받고 싶습니다.
바람에 흔들리고 비에 젖어도, 아직까지 쓰러지지 않은 이유는
상처의 뿌리가 깊었기 때문입니다.

미워하는 마음이 손님처럼 찾아와
주인처럼 온 가슴을 채우고 살아온 세월…
용서하지 못하므로 괴로워하는 흔들림…
나도 그 옆에서 指南鐵처럼 남쪽을 향해 몸서리치며 살았습니다.
백발이 다되도록 증오심을 앞세워 어둠속을 방황하면서…

한 손은 용서를 비는 손이고
한 손은 용서를 받아드리는 손이라는 것을 이제야 알았습니다.
눈 뜨고도 못 본 용서가
눈을 감고 보니 보이기 시작합니다.

스스로 생각해
달콤한 말을 남발하는 혀를 놀리고 살았는데
혀를 쓰지 않고 꼬리만 흔들면서도
주인에게 사랑받는 개가 존경스럽습니다.

용서는 잊는 것이겠지요?
용서는 주는 것이겠지요?
용서는 나를 위함이겠지요…

뻐꾸기 알을 제 새끼로 알고
온몸으로 품어 길러낸 딱새 한 마리…
오늘 당신에게 용서를 빕니다.
오늘 당신을 용서합니다.

하늘이시여!
「우리에게 잘못한 이를 우리가 용서하듯이 우리 죄를 용서하소서」

신광순

경기 연천 출생
종자와시인박물관 관장, ㈜신농 회장
1980년 첫 시집 「코스모스를 위하여」를 상재하며 등단
시집/ 「모든 게 거기 그대로 있었다」 「하늘을 위하여」
      「땅을 위하여」
산문/ 「생일 축하 합니다」 「사람은 죽어서 기저귀를 남긴다」
      「불효자」
대학교재/ 「관수 지침서」
제8회 흙의 문학상 수상

도깨비

한밤중 마실 길이나 일가집 제사 지내고 돌아가던 길
가물거리는 불빛에 홀려 따라가면
산모롱이에서 누가 모래를 마구 뿌려댔다는 얘기, 산속에서 북을 치고 꽹과
리를 치며 난장을 쳤다는 얘기,
갑자기 나타난 큰 덩치와 밤새도록
씨름을 했다는 얘기,
아무리 힘을 써도 꼼짝할 수 없어
땀에 흥건히 젖은 채 새벽빛에 깨어보니

그게 몽당 빗자루였다네
누구는 꼭지 빠진 도리깨였고,
누구는 부러진 삽자루나 괭이자루였다네

일찍이 몸 다 써서 못쓰는 것들이었네
이리 저리 고쳐 쓰다가 더 이상 쓸 수 없어 내다버린 폐품들이었네
동네 후미진 산기슭 애장터처럼 으슥한 곳에 버려져
강아지에게나 물려다니던 그 비루한 연장들이
자신을 만들고, 쓰고, 버린, 제 인생의 주인 몇을 막다른 곳에서 때려눕힌 것
이라네
평생 자신을 실컷 부려 망가뜨린 힘을 기억해두었다가
제 주인에게 한 번에 돌려주는

그 혼신의 앙갚음은 농부들에게 얼마나 다행한 일인가
평생 삽 열 자루를 닳려 없앴다는 재당숙 어른은
어느 날 평생 삽 열 자루를 쓴 힘의 역습으로 한순간 농사일에서 벗어났다네
한 때 수족이었던 연장의 반격, 농부는
그걸 알아서 더 쓸 힘이 남아있지 않을 때 연장을 내려놓고
연장의 처분을 기다린다네

재당숙을 묻고 돌아와 시무룩
헛간에 기대 서있는 저 낡은 삽자루는 이제 씨름 한판
벌일 사람이 없어 슬픈 도깨비라네

이덕규

경기 화성 출생
「현대시학」등단
시집/「다국적 구름공장 안을 엿보다」
    「밥그릇 경전」, 「놈이었습니다」 등
현대시학작품상, 시작문학상, 오장환문학상 수상

함께하는 세상

 가끔, 기분이 허할 때가 있다. 사람을 만나는 것도, 그렇다고 물건에 대한 애착도 없이 살아있다는 것 자체가 의미 없다는 생각이 든다. 그때마다 살아서 무엇을 하려고 또 어떤 희망이 있다고 몸부림치는가 하는 물음을 하곤 한다.

 물끄러미 혼자 떠드는 TV앞에 시선이 꽂힌다. 그때 먹는 것에 대한 이야기가 한참이었다. 뚱뚱한데도 불구하고 마구 먹어대는 사람을 한참동안 응시했다. 그리고 먹으면서 행복해 하는 모습을 보고 주위를 살폈다. 아무도 없었다.

 다양한 음식의 재료들과 사람들. 그리고 거기에 동참하는 여러 나라의 사람들이 먹는다는 즐거움으로 모여들었다. 매운 것은 스트레스에 좋고, 추위에는 뜨거운 음식을 먹어야 한다고 말하는 사람들, 그런데 나 같은 사람은 어떤 음식을 먹어야 허한 마음을 달래줄 수 있을까 싶다. 그때 미리 주문한 순댓국이 나왔다.

 순댓국하면 고인이 된 아버지가 떠오른다. 겨울 한파가 기승을 부리던 날, 우연히 장터에서 순댓국을 사주며 식기 전에 얼른 먹으라던 아버지의 재촉이 그리워진다. 유독 정을 많이 주었던 그 시절 무뚝뚝한 남자이면서도 속 정이 남달리 많았던 그 이름 아버지. 그 시절에는 먹는 음식이 흔하지 않았다. 요즘처럼 먹을거리가 넘쳐나는 시절도 아니고 풍족하지 않다보니 추위와 배고픔에 더욱 맛있게 느꼈는지도 모른다.

 이즈음 현대인들은 큰돈을 들이지 않고도 마트나 길거리에서 음식을 먹을 수 있다. 또한 다문화시대에 살다보니 세계 여러 나라의 음식을 맛볼 수 있는 기회도 많고 세계 속에 함께 어울리는 문화에 대한 추억도 많이 쌓인다.

 해외여행에서도 처음 접하는 음식도 거리낌 없이 먹어보는 체험을 하고, 그 나름의 음식 평가도 하면서 즐거운 삶을 살아가고 있다. 물론 음식이니 먹으면 기분이 좋고 나름의 스트레스를 해소한다는 목적이 있겠지만 그렇다고 무조건 먹는 것에 취하다 보면 건강을 잃을 수 있다. 요즘처럼 먹을거리가 풍부하고 걱정 없이 사는 시대에는 더욱 그럴 수밖에 없다.

몇 해 전만 해도 먹는 자체가 행복하고 삶이 즐겁다는 말까지 했었다. 그래서 먹을거리를 소중하게 다루고 서로를 배려하는 문화가 있었다. 하지만 이즈음의 우리의 삶은 각박하고 인정을 찾아보기 어렵다. 그것은 시대가 점점 이기주의 사고로 변하고 나 외에는 관심이나 배려가 없다는 이야기다.

얼마 전 길거리에서 손주 뻘 되는 청년에게 무차별 구타를 당한 노인도 그런 경우다. 노인경로사상은 이미 우리사회에서 없어진지 오래되었다. 길거리에서도 음식점은 물론 나이 많다고 우대하던 때는 옛말이 되어졌다. 혹시나 봉변을 당할까 무서워 부당한 일을 보아도 그저 발이 먼저 뒤로 빠지는 현실이다.

세상이 거꾸로 가는 느낌이 든다. 우리 사회의 질서가 깨지고 점잖은 사람은 사람 축에도 못 끼는 세상, 착하고 인정 많은 사람은 바보 취급받는 사회가 되었으니 안타깝다.

고운 말을 사용하는 사람은 아름답다는 말이 있다. 사람답게 살려면 도리를 다해야 하고 말 속에 뼈가 있는 것처럼 서로를 생각하며 대화를 해야 한다. 그런데 현대인들은 청소년들의 은어를 따라하고 혹시 모르면 나이 먹은 세대로 취급받을까봐 함께 사용하고 있다. 은어를 사용한다고 세련되거나 우아해 보이지 않는다. 어찌 보면 저속하다고 해야 할 것이다. 그것은 기성세대가 먼저 우리말을 지켜보려는 노력은 하지 않고 부추기고 있는 셈이 되었기 때문이다.

그래서 방송에서도 우리말을 사용하자고 하는 것이 아니겠는가.

지인과 만나기로 약속한 장소에 젊은 세대의 여성들이 많이 앉아있었다. 그들이 나누는 이야기의 반은 알아들을 수 있었고 나머지는 아리송했다. 대화의 내용은 전부 줄인 말을 사용하고 있었다.

내 머릿속은 와글거렸다. 이즈음 아이들을 교육시키는 부모들이 저런 줄인 말을 하고 있으니 성장하는 아이가 배우고 따라하는 것은 뻔한 일이었다. 하지만 아이가 듣고 있다는 생각은 하지 못하는 것 같았다. 아이는 아이들끼리 놀이를 즐기고 있었지만 그 아이 또한 엄마가 사용하는 단어를 그대로 따라하고 있었다. 친구가 알아듣지 못해 멍하니 있으니 바보 같다며 머리를 쥐어박기도 했다. 그 상황을 물끄러미 바라보면서 많은 생각을 하게 되었다.

사람마다 생각에서 빚어내는 언어와 속성이 있다. 누가 뭐라 해도 목소리가 커지고 우기면 되는 세상, 누구랄 것 없이 질서보다는 무질서하더라도 나만 괜찮으면 되는 세상에 놓인 현대인의 삶 속에서 나이 먹은 세대들이 겪어내야 하는 일들이 많음을 새삼 느끼게 된 것이다.

세상살이는 나만 좋다고 살아가는 세상이 아니다. 상대를 배려하고 함께 나누려는 마음가짐이 더 낳은 세상으로 가는 길임을 알아야 한다. 시간이 지나서 아이가 자라고 나이를 먹어 새삼 깨닫게 될 때에는 이미 나이가 주는 중압감이 있다는 사실을 잊어서는 안 된다.

더불어 살아가는 세상은 아름답다. 누구나 함께 즐겁고 행복하며 희망이 있는 세상, 그것은 우리 모두의 바이기도 하다.

이예지

「자유문학」으로 등단
국제P.E.N한국본부이사, 한국문협 성남지부회장역임
계간「한국작가」편집장, 한국문인협회 경기도지회 회장, 월드컵전국공모전 대상
자유문학상, 경기도문학상, 경기예술대상, 성남예술대상
한국예총예술공로상, 경기도지사상
수필집/「그리움 오려두고」, 「가슴에 있는행복」
　　　「그리운 연습」, 「가장 소중한 느낌」, 「달빛머무는 정원」
　　　「몸에좋은 먹거리45」등 공저다수

죽은 자들의 날에

죽은 자들의 날에 내
너를 찾아오리니
망자들을 위한 연회를 준비하라
바람타고 오리니
색종이를 오려 제단을 장식하고
촛불을 밝혀 영혼을 인도하라
땅에서 나는 소산물로 생전에
좋아했던 음식을 만들어
제단에 놓아두고
긴 여행으로 인한 갈등해소를 위해
음료수를 준비하라
내 그날에 필히 와
나비를 사냥하며
달콤한 꿀을 먹으며
공놀이를 하리니
내 저승에서 이승을 찾는 날에
축제의 시간을 즐기리니
삼사 대에 걸쳐 이야기하라
잊지 않게 이야기하라
생존의 삶의 방식에 대해
어떻게 살았는지 이야기하라

산자들의 기억 속에 영원히 살게 하라
영원히 기억하라 망자의 정신을

이상정

1960년 경북 칠곡 출생
시와 시인으로 등단
경기시인협회 사무국장, 수원시인협회 이사
경기문학상 수상
저서/『감칠맛 나는 시』 『나는 사건이다』 『꿈의 작업』
　　　『아들과 함께 떠난 유럽』 등 8권

동심의 세계를 맛보다

'예술인패스' 덕이다.

서울랜드 70% 할인, 4인까지 동반 가능하다는 문자를 받고 호기심이 발동했다. 서울랜드가 어린이들과 학생들만 찾는 곳으로 인식이 된 것은 세 아이 키울 때 단골로 드나들던 곳이기 때문이다.

아이들과 방문할 때마다 사진을 찍고 홈비디오 찍느라고 놀이기구는 한 번도 타보지 못했고, 막내 유치원 때 소풍가서 탔던 '범퍼카'는 유쾌하지 않은 기억을 각인시켰다. 자동차운전과 같은 원리였던 것인데 운전을 못하니 이리 쿵 저리 쿵 부딪치다 멈춰 안내자의 도움을 받아야 했던 일이 오랜 세월이 흘렀는데도 잊히지 않는다.

서울랜드가 없어지고 디즈니랜드가 들어선다는 풍문이다. 딸아이와 서울랜드로 향했다. 무료주차장인 동편주차장에 주차해놓고 딸과 함께 단체 발권하는 곳으로 가서 신분증과 예술인패스를 내밀었다. 4만 원하는 자유이용권을 70% 할인된 가격 13,000원씩 2매를 구입하여 안으로 들어갔다.

영화 속의 축제엔 항상 어린이 놀이기구가 단골메뉴로 나온다. 우리도 영화 속의 주인공처럼 동심의 세계로 들어갔다. 소풍 온 유치원생과 중학생들이 많았다. 딸과 손잡고 가며 어떤 놀이기구부터 탈 것인지 의논하여 가까이 있는 기구, 줄이 길지 않은 기구부터 찾아갔다.

'달나라열차'를 타는데 이젠 딸이 보호자가 되고 난 어린이가 된 듯 무척 긴장했다. 딸이 없었으면 탈 용기도 없을 테지만 옆에서 설명해주는 딸이 있어 든든했다. 안전벨트를 매고 공중 위로 구불구불하게 세워진 레일을 달리는데 무서워 덜덜 떨었다. 가슴이 조여드는 기분이었다.

우리 아이들도 어렸을 때 이랬을까. 그때는 그 기분을 헤아리지 못했다. 곡예 하듯 달릴 때는 소리 질러야 제 맛이라며 아이는 맘껏 소리쳤다. 줄서서 기다리는 시간보다 짧은 탑승이 아쉽기도 하고 빨리 그곳을 벗어났다는 안도감도 있었다.

'범퍼카' 놀이기구 앞에는 기다리는 줄이 길게 늘어섰지만 금세 소화할 것이라고 해, 딸의 뒤를 졸래졸래 따라가 줄을 섰다. 막내와 탔던 일을 상기하면 지금도 등에서 땀이 난다고 했더니 딸아이는 아직까지 운전하지 못하는 내게 범퍼카 운전하는 법을 몇 번이고 설명해줬다.

드디어 탑승했다. 딸의 설명이 유효했다. 제대로 탈 수 있게 되니 재미가 붙었다. 딸이 옆으로 와서 심하게 부딪히며 즐거워했다. 범퍼카는 그런 재미로 탄단다. 맛 들일만 하니까 내릴 시간이었다. 아쉽지만 길게 늘어선 줄을 보며 다음 기구로 향했다.

놀이동산의 단골메뉴인 '회전목마'는 한 번에 많은 사람이 탈 수 있어 곧바로 목마에 오를 수 있었다. 유치원생들과 함께 목마를 타며 영화 속의 장면을 떠올렸다. 아주 편안한 마음으로 몇 바퀴 돌고 나와 가장 인기가 많은 '급류타기'로 가서 줄을 섰다. 유치원생부터 중학생, 데이트하는 성인들까지 늘어선 줄은 좀처럼 줄어들지 않았다. 그래도 타고 싶다는 마음으로 인내하여 카누처럼 생긴 배에 올라탔다.

역시 무서워 딸이 앞에 앉고 난 뒤에 앉아 수로를 달렸다. 오르막 내리막 수로는 기계로 작동했다. 외국 여행하는 기분으로 터널도 지나고 계곡도 지나며 물살을 탔다. 제일 겁나는 장면은 급류타기였다. 갑자기 미끄러지듯 내려가며 물보라를 일으키는데 뒤통수를 부딪쳐 눈알이 튀어나올 것처럼 멍했다. 아프다는 소리도 못한 채 코스를 돌고 내렸다.

바로 옆에 있는 '바이킹'은 꼭 한번 타고 싶었다. 놀이동산에서 자주 보았지만 타본 적이 없어서 그 기분이 어떤지 궁금했다. 딸아이는 이왕이면 끝 좌석에 앉아야 한다며 줄을 섰다. 드디어 오랜 바람을 이뤄 끝에서 두 번째에 앉아 안전벨트를 맸다. 서서히 움직이던 바이킹은 갈수록 높이 올라가 가슴을 벌렁거리게 했다. 90도에 가까운 직각높이로 올라갈 때는 심장이 멎을 것처럼 겁이 나서 눈을 감았다. 아래를 내려다보면 추락할 것 같아 도저히 눈을 뜰 수가 없었다. 가슴 졸이며 긴장하느라고 타는 재미보다 공포에 시달렸다. 그 짧은 순간이 여삼추처럼 길게 느껴졌다. 두 번 다시 타고 싶지 않은 기억만 새겼다.

바이킹은 제일 나중에 타야 한다는데 몰랐다. 바이킹에서 내린 이후부터 속이 울렁거리고 불편했다. 걸어도, 먹어도 후유증이 남았다. 아이들처럼 소시지와 닭꼬치를 사먹고 어지럼과 울렁거림을 달래기 위해서 걸었다.

딸아이가 먹고 싶다 해서 장터국밥집에서 점심을 해결했다. 평일이어서 사람이 많지 않았다. 한가롭게 앉아서 준비해간 과일과 음료수를 마시고 튤립과 봄 정경을 폰에 담았다.

마침 카퍼레이드가 천천히 지나갔다. 외국인 악대들이 멋진 유니폼 차림으로 연주하며 익살스럽게 손을 흔들었다. 어린이들이 더 좋아할 퍼레이드다. 시골에서 올라온 단체관광객들은 무대 앞의 의자에 앉아 구경했다.

서울랜드 정문 쪽은 유럽풍의 건물들과 정원을 아주 예쁘게 단장해 놓아 지나가는 관광객들의 시선을 끌었다. 오랜 세월 그 자리에 있어온 풍광일 테지만 잊고 살았다. 아이들 어렸을 때는 종종 왔던 서울랜드, 그때는 아이들 챙기느라고 눈요기할 여유가 없었다.

작품집 표지나 건질까 하고 열심히 사진을 찍었다. 나이도 잊은 채 시간가는 줄 모르고….

바이킹의 후유증은 놀이기구 타고 싶다는 마음을 반감시켰으나 딸이 안내하는 곳으로 따라갔다. '착각의 집'은 말 그대로 착각을 일게 하는 입체와 유리 벽면, 계단, 문 등을 미로처럼 만들어 놓아 한참 헤매다 나왔다. 그래도 평탄해서 마음은 편했다.

'우주비행선'은 유치원생들이 주로 타는 기구였지만 동심의 세계를 맛보기 위해서 올라탔다. 둘씩 태운 작은 비행선이 돌며 오르락내리락하는데 그때까지도 울렁거림이 남아 어린이들의 기분을 헤아려봤다.

'락카페' 앞에 줄이 길게 늘어섰다. 역시 인기 있는 놀이기구였다. 우리도 줄

서서 기다렸다가 올라탔다. 놀이기구 대부분이 방법만 다를 뿐 돌아가는 기구다. 비교적 안정감이 느껴졌다. 옆에 든든한 보호자 딸이 있어 불안감은 없었다.

마을버스 모니터에서 수없이 보았던 애벌레 '라바'가 놀이기구에 응용되어 인기를 얻고 있었다. '라바트위스터' 앞에 어린이들이 길게 줄을 섰다. 우리도 그 대열에 서서 순서를 기다렸다.

이 기구 역시 회전그네처럼 돌아가는 것이다. 여러 종류의 애벌레와 라바로 만들어진 기구에 둘씩 앉으면 회전그네인 애벌레들이 행진하듯 돌아간다. 원심력을 이용해 만든 그네가 멀리 퍼졌다 돌아오며 점점 높이 올라가는 모양이 마치 트위스트 추는 것 같다. 그래서 붙여진 이름인 모양이다.

딸은 마지막으로 '범퍼카'를 한 번 더 타보잔다. 엄마가 자신 있게 타는 모습을 보고 싶었던 모양이다. 이 역시 오래 기다렸다가 재밌게 탔다.

근 20여 년 만에 찾은 서울랜드에서 어린이처럼 놀다 보니 어느새 해가 기울었다.

실로 얼마 만에 느껴본 동심의 세계인가. 예술인패스가 다시 맛보기 힘든 동심의 세계로 안내해 주었다.

김미자

99년 「현대수필」로 등단
국제펜클럽 한국본부, 한국문인협회, 현대수필문인회 회원
안양여성문인회(화요문학)회장
안양문인협회 부회장, 안양문인협회 부회장 및 편집위원
수필집/ 「마흔에 만난 애인」, 「애증의 강」, 「복희이야기」, 「복희 이야기2」
「바라만 보아도 눈물이 난다」, 「복 많이 받아라」, 「그리움」
「천방지축 아이들의 논어 이야기」
산귀래문학상(2011), 구름카페 문학상 수상

【동인문단】 시

김근숙
김용원
김은영
박공수
박두원
백옥희
신준희
이미선
장호수
최태순

김근숙

현재/ 고려대 평생교육원 시창작과정
한국스토리문인협회 회원
현)농림축산검역본부 근무
제35회 안양시여성백일장 입상
경기도기예경진대회 시부문 장려상 수상 등
동인지/ 『별을 세는 아이』, 『꿈을 낭송하다』, 『달큰한 감옥』 등 다수

그리움이 교체되다 외 3편

아침마다 그리움을 색칠한다
떠난 여동생이 쓰던 브라운색상 아이섀도
수년간 사계절 칠해 온 똑같은 톤의 눈 화장
유효기간 유행도 지나간 섀도를 바를 때마다
붓끝으로 스며드는 그리움

고향 소나무 아래 쉬고 있는 연분홍 꽃송이
몇 년간 찾아주는 이 없는 쓸쓸한 숲속에서
마른 솔잎 덮고 누워있으니 얼마나 추웠을까
자는 모습이 예뻐 산짐승이 건드리지는 않았을까
소리쳐도 메아리만 대답할 때 얼마나 외로웠을까
시린 가슴에 길을 내어
흐르는 갈색 눈물이 짜다

생일선물로 받은 분홍빛 아이섀도
브라운이 입혀진 붓끝에 분홍빛을 묻혀본다
스며든 시간 위로 쌓여진 잔재일지라도
지워낼 수 없는 그리움

한여름 매미가 아리아를 불러주었고
귀뚜라미가 세레나데로 화답해 주고

산새들과 맑은 계곡물 소리
여치가 자장가를 불러주는 가을이 오면
소나무 숲은 콘서트 열기로 교체되겠지

나비바늘꽃

뜨거운 태양 아래
하늘하늘 춤추는
늘씬한 여인아

바늘처럼 곧은 마음
나비처럼 고운 얼굴
단아한 여인이다

목말랐던 여름 하늘을
당당하게 맞선
정열의 여인아

화려한 유혹에도
꺾이지 않는
순결의 여인아

그리움 안으로 감춘 채
여름 내내 이글거리는
태양을 이고
안내하는 여인아
진정으로

지순한 여인
억눌렀던 그리움이
가을 하늘을 향기로 덮어 버렸나

거미집 세입자

대나무 마디마다
밀집한 거미집에는
들꽃 나뭇잎 흰 구름이 세 들어 산다
새벽잠 깨우는 댓잎 소리
세입자들 속삭임에 익어가는
가을 햇살 스치는 바람 곁에
산 그림자도 눌러앉아
거미집은 물방울 해먹을 걸어 놓았다

황홀한 한때
외딴 오두막에 누워도
정한 마음이면 그만이지라고
환한 미소 감추지 못한 적 있다

실종 당했던 사무침
거미줄에 걸려있었다

솔방울의 기다림

겨울밤 은빛과 이야기하던 솔방울 리스 청년
이슬로 흠뻑 샤워한 은은한 솔향기 유혹에
봄 처녀 맞선에도 시큰둥하다
긴 동면(冬眠)에서 깨어난 솔방울은 겨울꽃으로 재기(再起)했다
소멸성 인생이던 지난날은 마침표를 찍었다

어릴 때는 그리 귀한 것인지 몰랐다
추운 교실을 훈훈하게 해주던 땔감으로만 여겼다
수업시간 뒷산에서 한가득 마대에 채워야 하는 의무감으로
무료한 시간을 주워 담았을 뿐이다

홀로 꽃피지 못하는 힘없는 존재로 살아오면서
당연한 꽃이지만 꽃이라 부름 받지 못했다
한자락 애달픈 그리움 가슴에 쌓여 놓은 채
만나야만 할 사랑 하염없이 기다리고만 있을 때
바람이 송화가루 향 뿌려주어 연두 꽃망울 맺었다

풋풋함에서 거친 생애 옹골차게 살아온 연두 꽃방울
솔방울 장례식이 흰 눈 위에서 거행될 때
눈(雪) 밑 세상에 내려온 솔방울 아가들의 마을이 생겼다

이제서야
빈껍데기 쓸쓸한 산자락에 고단함을 풀어 놓았다

김용원

「문예사조」 등단
한국문인협회, 국제펜클럽 한국본부 회원
안양문인협회 이사, 오산문인협회 회원
글길문학동인회 회장
블루뱅크주식회사 대표이사
시집/「내 삶의 나무」, 「그대! 날개를 보고 싶다」

아침 외 10편

낯설다 이 도시가 가끔은
그게 지금이다
어둠은 대지를 뱀처럼 휘어감고
아침을 안고 있다
뛰자 오늘하루도
나보다 더 빠른 하루

오산천 1

애인이 왔다
좋다
시커먼 마음에 안개가 인다
우울하던 대지가 웃는다
지구를 정화하던 나무가 웃고
잠시 아픈 웃음을 주던 꽃들은 노래하고
고개 숙인 오산천은 큰 소리를 낸다
마음이 살고
누웠던 너도 일어나고
혈관들이 일제히 일어선다

오산천 2

동산에 유년의 꽃이 핍니다
조팝이 일렁이고
진달래가 수채화처럼 마음에 뿌려집니다
한 바퀴 돌고
오산천 안개에게 감춘 행복 풀어 놓으라 할게요

좋은 아침

아직 어둠은 창가에 서성이는 시간
그대의 생각에 마음은 훤히 밝았답니다
가득한 그리움들이 매달린 아침
내가 가는
내가 시작하는 하루엔
그대가 함께합니다
어둠의 커튼이 걷히면
안개 같은 하루가 시작되고
우리의 하루는
꽃 피는 하루가 시작됩니다
같이 가는 그 길
행복입니다
오늘 하루
어제 잊은 시간들
간절했던 그리움들
이 모든 것들이 당신이 주인공입니다

화이트 크리스마스

가슴속에 살아 숨 쉬는
목화솜 같은
생각들로 새벽을 깨우는
따뜻한 그대여
새벽의 긴 터널 속에서
아이처럼 커튼 밖을 두리번거린다
금세
그려지는 얼굴
그리움에 한참을 서성이다
가슴속에 남겨진
꽃망울 몇 개가 피어난다
함박웃음 가득한 성탄이다

나의 자리

시작은 흔들림 없이 피었다
매탄시장 초입에
좋은 장소 천지 염소탕
한때 잠시 시장 입구에 사무실을 차려 놓고 악덕사채업자 같았던 윤 사장의
횡포를 이겨 내고 있었던 곳
그래도 추억이라고
고사상에 오르는 돼지처럼 미소가 잠시 번개처럼 스친다
염소탕 처음 먹어보는 음식이라 반갑고
만남은 늘 긴장됐지만
오늘은 친구 국이가 함께해서 막내에서 벗어나듯 해서 좋았다
염소 전골은 태어나 처음으로 맛보는 음식이 맛있다
그래 소고기라 생각하자
소주 맥주 섞어서 몇 잔 돌아가고 긴장이 과자처럼 달콤한
추억의 시간으로 흐른다
안주는 하나 더
술병도 하나 더
영어 단어 외우는 것처럼 시간이 흘러갔다
.
.
.
오산운암이다

두리번거렸지만 장미꽃 떨어지듯 떨어진 기억 속에서 어항 속 물고기처럼
눈 껌뻑 청소 물고기처럼 기억을 찾아 떠나본다
신분증이랑 현금. 카드가 들어있던 핸드폰 지갑이 없다
오늘 여기에선 내가 할 수 있는 일은 없었다
어항 속 구피처럼 생각나지 않는 기억만 오버랩 할 뿐,
그랬다 그날은 익지 않은 미련들이 잠시 귀신처럼 마음을 조정하던 날
서서히 나를 찾아야 했다

10 · 25

내 사랑 독도의 생일이다
12시 땡 할 때 생일 축하 합니다
노래를 들려줬다
파도에 미소 짓듯 환하게 웃는다
새벽으로 달리던 어둠은 졸다
사랑해 소리에 눈 비빈다
태풍 치는 무서운 바다에서도
등대처럼 나에게 힘을 주는
사랑하는 독도야
넌 하체가 튼튼해 태풍에도 미소 짓고 있겠지

독도야 1

8월의 첫날!
아침부터 푹푹 찝니다
찜 솥에 걸린 옥수수처럼 맛있게 익어 갑니다
맛있는 무더위보다 뜨거운 건
당신의 대한 사랑과 그리움입니다
이 뜨거운 열정으로
8월 시작합니다

독도야 2

비가 잎새에 머금고
내 마음에는 그대가 가득한 아침이네요
오늘 깨끗한 하루를 선물합니다
빨간 우체통 같은 설레이는 그대

독도 3
_가을비 내리는 날

배고픔보다 더 그리운 독도야
태평양보다
대서양보다
더 사랑하는 독도야
오늘은 비 오니 옷 따스하게 입고
파도들 이랑도
타협해서 잘 지내고
햇살 같은 그리움이 밀려와도
잠시 참자
흠뻑 젖은 가을아침에
내 마음을 전한다

독도 4

슬픈 가을비 속에는
배고픔보다 강한 그리움이
태평양이 안아 주고
대서양이 편지하고
비가 오니 따뜻하게 입고
파도들이랑 타협해서 잘 지내고
햇살 같은 따뜻한 그리움이 밀려와도
잠시 참자
오늘은
흠뻑 젖은 가을에게
마음을 전해주자

김은영

혜관도서관장
글길문학동인회 동인
생활수필 대상

버스에 올라 외 2편

패딩을 입고도
으스스 떨었던
몸과 마음

품안으로 파고드니

어머니 맘 같은
따스한 손길

예쁘다. 예쁘다.
어르고 달래준다.

고요한 미소가
반짝인다.

횡단보도 초록불

마디 마디
슬픔 외로움
씻어내고

교향악단
지휘 맞춰
행진한다.

그대 깜빡이는
등불

세상의 등불이어라.

몸살

윗입술에 물집이
돋아난다.

까짓거 놔뒀다
터트리지 뭐.

직장 일을 마치고

어깨가 뭉쳐온다.
풀면 될 거야.

수험생
큰아이가

밤새워 몇 날
며칠을 공부하다

몸살이 났다.
학교를 못 갔다.

그럴수록 엄마는

멀쩡해야 할 텐데

헬쑥한 아이의
얼굴을 보고선

힘이 쭉 빠진다.

내가 몸살이
나버렸다.

박공수

「문예운동」시 등단
한국문인협회 회원
안양문인협회 감사
천수문학회원.　밀레니엄문학회원
글길문학동인회 부회장.
시집:『대륙의 손잡이』외 공저 다수

빈 터 외 6편

도심 속 한 필의 땅.
넓은 빈 땅에 눈이 내린다
땅의 권력은 건물일 터
모든 걸 비우고 마당과 합쳐지니
운동장만큼 넓어진 마음 홀가분하겠다
눈은 내려 계속, 땅은 지금 백의를 입는 중.
권력을 잃기까지 반백 년은 더 걸렸을 터
막상 비움이란
지진 같은 개벽에 온몸 찢기는 고통이었을 게다
잡념처럼 박혀 있던 돌멩이들도 이젠
하얀 이불 끌어당기며 애들 장난처럼 뒹굴고 있다

하지만 세상은 또
백의만 입게 가만두질 않아
눈은 녹고 봄은 와야 하고
이 빈터엔 권력보다 센 금력이 들어선다는데…
금을 유인할 길을 위해
그리고 금력은 축대도 없앤단다
금이 올라올 계단을 위해
멋모를 까만 비닐봉지와 알록달록한 과자봉지들이
벌써 측량을 해볼 양
눈밭을 엇질러 데굴데굴 재며 간다

안양소방망루

오늘 첨 알았다
내가 사는 동네에 이런 소방망루가 있다는 걸,
동네 한 바퀴 탐방에 참여한 사람들과
초동친구 만난 듯 두 손 아프게 악수를 하고
찌그덕 찌그덕 늙은 관절, 138계단을 오른다
망루의 탑 사면유리창은 360도 큰 눈망울
초롱초롱 하늘 갓 쉼 없이 지켜본다
빌딩들 틈새로 멀리 화염과
사람 살려달라는 아우성에 생명을 건
소방대원들, 투혼의 곡두가 보인다.
세 번째 물결에 뒷전이 되어버린 소방망루.
경기도에 저 혼자 남았다는 우리 동네 소방망루.
주변의 번듯한 빌딩의 뒷방 늙은이처럼 됐지만
그 기백과 정신, 어느 빌딩보다 낮으랴
빨간 119. 앞으론 가끔 눈여겨보리라고
옛 친구와 헤어지듯 멀찍이 뒤돌아본다
먼 여행이 이야깃거리인 요즘 세상.
개발 속에 묻혀가는 내가 사는 내 동네
관심 밖의 유산들이 오늘 나를 깨운다

고향 거미

내 왼쪽 눈엔 항상 거미 한 마리가 살고 있다
몸뚱어리 푸르고 다리 긴 거미가 아닌
까만 몸통에 다리가 짧은 거미
어렸을 적 고향 부엌 귀퉁이나
뒤안, 풀섶에서 가끔 봤던 귀여운 거미
그 거미 도태되었나 요즘 통 보이지 않아
궁금해 했더니
눈동자에 새긴 문신처럼
내 왼쪽 눈에 똬리 틀었다
사 년 됐다

피아니스트

윤슬로 반짝이는 잠잠한 바다 앞에서
보라색 드레스, 인어 같은 그녀가
깊고 넓은 바닷속 심혼을 가만가만 다스린다

물꽃이 일다 차츰 너울이 되고 폭풍이 인다
수만 마리의 작은 물고기들 파드닥
은빛으로 튀어 올라 유별의 언어로 발화한다

기쁨은 기쁨을 넘어 허무에 다다르고
슬픔은 슬픔을 넘어 환희를 일깨운다
희로와 애락이 어우러져 아스라이 사라진다

모든 소리를 깊거나 혹은 먼 곳으로
조용히 손 놓아 줄 때까지
드러난 그녀의 하얀 살결은 현처럼 떨었다

바람의 추수

별 모양 하트 모양
금빛 은빛 인줏빛 낙엽들이
저녁놀을 받으며 대책 없이 떨어진다
기미 주근깨 저승꽃 핀 이것들, 모두
사랑할 만큼 한 흔적들이리

하지만 한창 사랑받을 연두색 애기 이파리,
푸르싱싱한 젊은 이파리가
가끔 늙은 낙엽들에 섞여 떨고 있음은
공평치 않았던가 바람이?
어떻게 세상을 할퀴며 지나갔길래
늙은 것 젊은 것 구분 없이 떨어뜨리는가?
그 뜻 알 수가 없다

이미 떨어져 버린 것들에겐 어쩌랴
천수의 손가락만큼이나 살 많은
긴 대빗자루를 하사받은 이가
모자를 푹 눌러 쓴 채
어느 이파리도 되돌릴 재간 없는지라
그저 쓸고 쓸며 아담을 뿐이다

경비원 할아버지

우리 아파트 입구
복도 계단 등등에
저녁
하나님이 불을 끄시면
경비원 할아버지는 불을 켜시고
새벽
경비원 할아버지가 불을 끄시면
하나님은 불을 켜신다

두 분이 불을 켰다 껐다
아무튼 같은 일을 한다

매미

매미가 미영 미영

미영이만 찾아요

전학 간 내 친구

미영이만 찾아요

미영- 미영-

박두원

「가온문학」 수필 등단
조일광고 copy부문 신인상
홍익대 광고 홍보 대학원
이태문인협회 회원

꽃잎을 보다가 외 6편

눈부시게 피었다가
덧없이 사라지네

들뜬 기쁨 잠시
허무한 가슴 이어진다

긴 기다림 야속하게
화려한 겨우 며칠 *느꺼워라

피고 지고
피고 지고

자연의 섭리 필연이어도
짧은 만남 못내 아쉬워라

* 마음에 복받쳐 참거나 견디기 어렵다.

봄의 합창

4월 되어도
꽃샘추위

꽃봉오리만
수 없이 매달렸다

한바탕 비 오고
날 풀리니

아우성치듯 한꺼번에
꽃망울 터뜨렸다

내 눈을 의심한다
밤사이 어찌 이럴 수가

아기 태어나 모습 드러내듯
꽃봉오리 신비한 속살 내보이니

여기도 피었구나
저기도 피었구나

만났지만 만난 걸까

지난 세월 반추하니
많은 인연 스쳤건만

허물없이 지내는 이
열 손가락 이내라

여러 곳 여행하고
몇 번 이사를 했어도

기억에 남는 장소
가물가물할 뿐

산다는 것
여행이고
만남이라 하는 데

기억되는 몇 곳
정다운 몇 사람이
인생이런가

한 해의 운세

새해 밝으니
미래가 그냥 궁금해
막연한 기대 호기심 발동

한 해 운세 풀이에
귀가 쫑긋

나쁜 예언 나쁜 기분
좋은 예언 좋은 기분

지금 나의 노력이
미래 열어가는
열쇠일 테니

기분 좋아져
잠재력 살아나
폭발하도록
소리 내어 크게 외쳐본다

나는 할 수 있다
올해는 운수대통이다!

봄이 오는 소리

눈 녹고 얼음 녹아
계곡물 흐르는 소리
미 미 미 미

뒷산 넘어 불어오는
따스한 바람 소리
파 파 파 파

놀이터에 동네 꼬마들
미끄럼 타며 노는 소리
라 라 라 라

재래시장 입구에
냉이 사라 부르는 할매 소리
쏠 쏠 쏠 쏠

겨울잠 깨어나는
개구리 벌레 소리
도 도 도 도

매미

네가 부러운 건

실컷 울기만 해도

사랑을 이룰 수 있다는 것이다

목표가 분명한 울보 사랑꾼

여름휴가

해안선 열차
해상 케이블카
해안선 레일바이크를 타고

해수욕장
연꽃 핀 공원
배 타고 섬 낚시를 다녀오고

여름밤 음악 분수를 바라보며
시원한 맥주 한잔 걸치니

더위가 겁먹고 꼬리를 축 내려뜨렸다

백옥희

글길문학동인회 총무
안양문인협회 회원
시와 길 문학 회원
안양시낭송협회 이사
스피치 1급 지도사
시낭송 1급 지도사
한국문화예술진흥협회 주관, 시낭송대회 은상 수상

동행 외 4편

동무는 소식 없이 추억만 함께 있다
귀퉁이 없는 책상을 같이 쓰던 친구야
고향 인정이 그리워 널 보러 갔다가
빨랫줄에 그네 타는 꽃무늬 블라우스를
내 것인 양 입고서 말할 때를 놓쳤단다

알아도 속아 준 어머니께 고백해요
숯 풍로가 더 좋다던 인자한 어머니
석유풍로 안 쓴 대신 공납금 낼 돈을
주막의 아버지께 모두 훔쳐다 드리고
폐암으로 가신 어머니 그리워 웁니다.

무언의 힘

올해도 아버님을 뵈려고 장바구니를 들고 혼자 나섭니다.

먼저 어머님 단골 생선 가게에서 국내산 조기를 사고 옆 정육점에서 안심으로 한 칼 끊었습니다.

싫어하시는 채소와 콩나물도 정갈하게 담고 혹 고사리 백도라지 볶으며 흑백 논리 정연하신 성품을 생각합니다.

숨어버린 혈관 생각이 나서 빨간 고구마 전과 노인대학 가실 때 사드린 녹두 전 드시러 오십이요. 집 뒤켠에 과일나무 보며 "내 나이와 같다." 하신 사과, 배, 감, 대추, 밤도 참배합니다.

시집온 날 자리끼에 드린 바나나와 어머니 앞에 내미시던 검정 비닐봉지에 참 외, 건축 공사장 새참으로 갈증을 푸시던 수박도 차립니다.

내기바둑 바둑판 크기로 무를 썰어서 대가족에 걸맞게 탕 한 솥, 쌀밥을 고슬 고슬 지어 선산의 봉분같이 목기에 괴어 올립니다.

집안에 의견이 분분할 때면 백설기같이 백지에서 다시 하시고, 가벼운 북어포 노잣돈에 (김xx 신위 학생) 지방을 태운 연기 자손들 머리 어루만질 때 "그래, 출생신고 마치고 왔다."시며 한 칠도 안 된 손주 보러 사돈집 오시던 아버님, 생전 못 하신 술 오늘만은 드시도록 대구 막걸리 받고 집에 오는 길에 아버님 친구 어른께 묵례도 잊지 않았습니다.

조촐한 혼수 병풍으로 그만 말문을 막으시고 온 집안 대소들 불러 모으시는 아 버님의 제사입니다.

나무의 길

팔도에서 명을 받은 청
기와집 저 나무
숨을 죽인 비바람도
다시없는 호위 시대

주렁주렁 매달리는
허풍선이 녹슨 밑담
위세로는 턱도 없지
세간들이 둘러섰네

세월 구비 뼈마디에
비바람이 몰아치니
엄동설한 속절없이
앙상하게 야위었네

어제와 사뭇 달라진
민중 촛불 신문고와
민주주의 시위 앞에
양팔 들고 주춤대네

나무 밑동 헌 옹이에서
천심처럼 새순이 피어
꺾인 허세 그루터기를
원점에서 재조명하는

꿈

현관을 밀고 들어오는 아침을
주인에게 맡기고 나서는 세상에
우리는 숙제 몇 가지씩
아스팔트에 펴고 풀다가
더 뜨거워진 정수리를 식히는 포장마차에
쟁반 위엔 달랑 김밥 두 줄
겨우 몇 잎으로 바꾼 한 끼니
까치발 기대앉은 점심시간

서로의 감정 눈빛으로 읽고
너에게 건넨 맨손 수저
전자레인지에서 갓 나온
모락모락 쌓이는 통장 잔액
수식어 잔뜩 열거한
월급 명세서로라도
붙박이 식탁을 마련하고자
집들이 꿈에 부푼 신혼부부

와이파이 연애

아침마다 또닥또닥 걸어오는 카톡
"기쁘고 즐겁고 행복하게 살자!"
하얀 치아로 고백하는 말
저녁마다 스멀스멀 펴고 오는 문자
"내 사랑 당신은 정말 멋져!"
가슴을 다 채우는 속전 전보

글씨에 아지랑이 피어
응어리 다 풀리고
보고 싶다 안 해도 보고 있는
서로의 하트에 스며있는 애정
와이프 아닌 애틋한 사랑 와이파이

신준희

2006년 「문예운동」 등단
천수문학, 열린시조학회 회원
안양문협 이사 및 편집위원
안양시낭송협회 감사
시집/ 「체온을 파는 여자」, 「구두를 신고 하늘을 날다」
2011년 4월 중앙일보 시조백일장 장원

겨울일기 6 외 4편

신문에서 오린 시를 언니가 수줍어하며 내민다
이거 차암 좋드라
너는 시인이니까 이것 좀 보라고 오려 놨다
언니가 건네 준 시들이 내 손에서 맑고 온순하게 반짝인다
마치 햇살 비친 시냇물처럼

(나보다 훨씬 예쁘고 똑똑한 우리 언니)

이만큼 시 쓰기가
결코 만만치 않다는 것을 언니는 다 알고 있나보다
내 시를 오려
이거 차암 좋드라
하며 나에게 건네줄 날이 그 언제 올까?

겨울일기 8
_뜯는 곳

헛바람 팽팽한 저 과자봉지
'뜯는 곳'

유통기한 1919. 03. 01 제조
1994. 12. 25 까지

아이고
날 뜯어먹어라

흐느끼던
아버지

동백 2

선운사 동백 숲길 앞서거니 뒤서거니

암만 날 밀어내도 난 엄니 못 떨어져유
큰 형이 또 뭐라혀도 엄니 나 못 나가유
지발이지 엄니 날 밀어내지 마셔유 잉
폭폭폭 걍 울어쌌는디
가슴패기 막 무너지는디

추레한 두 아낙 앞에 붉은 꽃송이 수북하다

구시포 명사십리

1
해당화 그 발밑이 감청빛 짙은 물결이라고 하자
무참히 올라 온 꽃봉오리마다
밤바다의 달무리와
아침바다의 햇무리가 일렁거려
차마 반쯤 눈도 뜨지 못한 채로
파도소리 철썩대는 검은 바위 절벽에서
까치놀 황홀한 빛살을 향해 맨발 솟구쳐 날아오르고져
팔딱팔딱 뛰는 괭이갈매기의 심장이
소금빛에 물든
억센 죽지를 폭풍 속으로 펼쳐들며
꽃처럼 토하는
느꺼운 소리가 들린다고 그래 들린다고 하자

2
하얀 모래펄 밟으면서 떠나온 거리 만큼이라고 하자
콧등 시큰하게 뒤따라온
겨울눈과 잔가시들의 기침소리가
사월의 비밀을 꿈꾸듯 저만치 앉아 반짝거리는데
어디에도 발붙일 곳 없는

우리 마음의 마지막 꽃잎을 떨어뜨리면
한 점 그늘도 없는 바람이 어딘가로
우릴 이끌며 다시 천리 날아가자 소곤거리는데
목화 구름 머물다 가는 하늘 저 귀퉁이
천둥 번개 무의미한 우리 몸짓 별똥처럼 사라지네
다시는 못 필 이별처럼 떨어진 꽃잎의 멍빛
해당화 세 자매의 마른 그늘이 손댈 수 없이 아프다고 하자

지국총 지국총

1.
지워야 하겠지요 가을이란 지우개로
국화꽃 싸한 끝말 소쩍새며 천둥이며
총천연 색으로 물든 내 마음의 오지까지

2.
지우지 못한 그림 붉은 지붕 하얀 모래
국과 밥 둥근 말소리 품고 싶다 달빛처럼
총체적 난국에 처한 산과 바다 들꽃까지

_ 고산문학제 삼행시대회 장원 作

이미선

글길문학동인회 동인

김밥 외 3편

새벽, 찬 공기
불 앞에서 뜨겁게
타지 않을 만큼만 타들어 간다.
지지직, 탁탁, 쓱쓱, 볶아지며 달궜다.
던졌고, 놓인다
참기름 향 촉촉하게 젖어 들 때 검정 치마는
말려 올라가고 속속들이 서로 부둥켜안고
비벼대고 뒤척인다

달콤한 시간이 한곳으로 흐르고 섞이면
꽃봉오리 잎맥으로 벌어진 듯
다소곳이 꽃받침 위에 요염하게 앉아 펼친다.
넓고 강하게 누르는 영혼의 아픔 손등으로 훔친 눈물
일상탈출, 훌훌 털고 떠나고 나서야 나를 만나는
긴 여행 탑을 쌓아본다.

습관처럼 돌돌 말린 인생의 향기
뒤척거리며 한 바퀴 돌려서
차곡차곡 다소곳이 접은 손아래
검정수의 입고 묵상 중이다

물이 모자란 밥
늘 가난한 밥이 되어
애처롭거나 뜨겁거나
애틋하고 아련하다

깊은 바다 속에 잠긴 달

짧은 만남을 눈빛 하나로 다 채워 넣어
순간순간 봄처럼 따뜻하게 스며들어오는 것이
가슴을 후벼 파는 아픔이 진해질 때
그 아픈 것이 잊지 못할 전환점이 되는 일
닮은꼴 그림자가 햇살 내리쬘 때
삶이 적막하게 온통 어둠뿐일 때도
지나치고 말 것이라, 아무것도 아닐 것이라 했던 일들이
심장에 박혀서 옴짝달싹 못 하게
내 안에서 같이 사는 일이 되고
내 몸 일부처럼 들어와 사는 일이
그런 날들이 있다고 해…
떨고 있는 바람을 감지 못하고 지나치고 말지
양지쪽으로 가버린 사이
그 틈만큼 끼어든 것이 꽃처럼 낙엽처럼 후두둑
작별하고 밟히더라는데
그 자리 그대로 서서 아프더라고
병들지 않을 만큼만 아프더라고
그늘이 그늘을 알아보고 곁에 드러누워도 말야
늦게 도착한 그늘이
먼저 당도한 그늘을 통과할 때
꽃처럼 환하게 웃어주길 바랄 뿐…

감정선

어떤 마음은 멈춰있고
침묵했던 것을 굳이 깨트리면
사방으로 흩어져서 날아갈 것만 같고
슬픔이라 말하기에는 어설픈 세상 사치인지도 모를
그 어중간한 애매함을 방황이라 핑계치 않을 것이다.

세상 아픈 일이 얼마나 많은데
주어진 기쁨에 굳이 눈물을 섞을 것인가
존재하는 동안 행복이며
함께하는 동안 아픔도 기쁨이 될 것을 믿는다.

시간은 흐르며. 감정은 변하여도
어떤 순간을 받아들이는 것도 성숙해지는 날이 온다.
기쁨도 슬픔으로 변할 수 있고
슬픔도 기쁨이 될 수 있다.

물 흐르는 곳을 따라
세월 따라 흘러흘러
머무는 곳에서
늘 따뜻하여 함께하리라…

사람의 심연을 사람은 제아무리 가까워도 알지 못한다
때론 자신마저 헤아리지 못하는 물방울 갯수를 세고 있다.
입안에 삼키고 가두었던 말을 옹알이하듯…

바닷가 모래를 헤아릴 수 없고
하늘의 별을 셀 수 없으니
당신의 큰 사랑을 은혜로 알아
지금 누리는 내 모든 것이 크신 사랑임을 알기에
또한 귀중한 당신 한 영혼이
범사에 잘되기를 간절히 바랍니다.
결국은
당신 속의 나를 사랑하는 것…
당신 속의 나를 사랑하는 것…
그렇게 닮아 가고 싶은 것…

쓰는 이유

지적인 면이 다른 사람에 비해 우월해도
다른 부분은 단순 무식한 경우가 있다.
교만하면 주변의 말이 안 들리고
겸손하면 아이 에게도 배울 것이 있다.

사랑의 다른 말이 배려란 것은 맞다.
기다릴 것을 알고 미리 말해주는 것은
상대에 대한 사랑 있는 마음이며 깊은 배려다.
마음이 없으면 소소한 배려는 결코 쉽지 않다.
사랑으로 알고 받아들이는 감정 코드는
각자 다르기 때문이다.
어떤 포기를 배웠다.
나는 또 어떤 포기를 주었을까…
이모저모 공부를 하게 하시니 감사하다.
한 사람이, 한 삶이, 한 권의 어려운 책이다.
그 과거와 현재와 미래를 공부해야 하는 것은
두려운 일이다.
세상 모든 이치를 깨달은 사람이라 해도
한 사람 심연을 알기란 어렵다.
평생을 알아가는 것뿐 전부를 알 수도 없고

보여 줄 수도 없고 그럴 필요도 없다.
카메라로 순간을 찍듯
순간의 감정을 기록으로 남긴다.
어떤 특별한 감정을 또 배운다.
나도 모르는 나를 알아가게 하신다.

장호수

안양문인협회 사무국장
안양시낭송협회 사무국장
도서출판 시인 대표

낱말 맞추기 외 4편

행초 한 대 피워 물고
나선 들길,

빈 들판 빼곡히 메운 코스모스
갈바람에 부대끼는 소리
사그락 사그락

구부러진 사잇길에게
갈 곳을 묻는다

어머니 2

"어머니" 하고 불러도
답이 없다
잠시 외출 중이신가?

방안엔 온기가 없다

방 한쪽 벽
어머니의 사진
한참을 들여다본다

다시금
어머니를 불러 본다

"애야, 내가 안 보이니?"

언제나
돌아오시려나.

어머니 3

지난 고단한 삶처럼
그 곱디고왔던 목선
덮고 있던 암 덩이들

온몸 구석구석 곰팡처럼
번져오는 죽음에 맞서,
어머닌 그렇게
들꽃처럼 버텼다

목숨 다하던 날
이승에서의 짐 벗어 던지듯
기적을 말하셨다

질기디질긴 목숨
어머니,
꺼져가는 숨소리는 오래도록
내 가슴 속에서 뛰었다

권태기

그대
아직도 사랑하는가?

물음에
답이 없다

그대
이제 사랑 그만해도 될까?

그 물음조차
답이 없다

섬 2

빈 벌통 같은 하루

빚진 자들은 변두리로
내몰려 버려지고

둔탁한 소리와 소리,
그 사이
고단한 저녁이 점멸하고

바람은
좁은 골목을 벗어나
깊은 계곡을 가로질러
꿈을 꾸는 *섶벌이 되어
바다에 닻을 내린다

*섶벌 -토종벌을 이르는 말로 토종벌 중에서도 꿀을 모으기 위해 주로 나가다니는
'일벌'을 가리킵니다.

최태순

월간 「문학세계」 등단
월간 문학세계 시부문 신인문학상 수상, 부총리 겸 교육부장관 표창장 수상
국무총리 표창장 및 표장 수상, 모범공무원상 및 표장 수상
강원대, 성결대, 용인대 외래교수 역임
한국을 빛낸 문인 선정 작가(2011년~2016년)
문학세계문인회 및 세계문인협회 회원, 한국문예학술저작권협회 회원
안양문인협회 회원

생일 외 9편

사람은 일 년에 한 번씩
누구에게나 찾아오는
생일이다.

생일은
내가 찾아서 얻어지는 것이 아니라
생명이
내 삶에서 시작되는 소중한 일이다.

내가 태어나던 날
하늘도 울었고
땅도 울었고
시원한 바람도 불었다.

생일은
온 세상이 기뻐하고
온 누리가 찬란한 빛으로 들어온다.

하늘의 깊은 곳도 사랑하고
산들거리는 미풍도 사랑하고
나무와 꽃도 사랑하는

이제는 사람도 사랑하는 은혜를 입는다.

생일 맞으러 나오라.
머뭇거리거나 지체하지 말고
속히 오소서.
그대 만난 뒤에야 내 삶은 눈과 귀가 열렸네요.
이제야 내게 사랑이 맞아주니까요.

아름답게 익어간다는 것은

아름다움을 자랑하고 싶은 마음으로
형형색색의 고운 빛깔로
한껏 멋을 내고
은은한 향을 전하고 싶어 하겠지요.

아름답게 익어간다는 것은
나의 마음속에 싹트는 계절을
더욱 아름다운 계절로 변함없이
향유하고 싶은 마음일 것입니다.

사람이 살아가면서
추한 모습이 곳곳에 자리 잡아
용서할 수 없는 모습으로 성장하지만
그 뒤안길에 아름다움이 샘물처럼 솟아나는 길이 있지요.

삶에서
아름답게 나이 들게 한다는 것은
새것보다는 옛것을 보노라면
수많은 멋진 것들이
그 지성과 정성이 높다는 것을 알게 됩니다.

아름답게 늙어 간다는 것은
지금 이 순간의 멋진 나의 계절을
친절하게 받아들이고
영혼의 아름다움을 기쁨으로 찾아 나설 때랍니다.

아름답게 익어 간다는 것은
내가 선택한 나의 일을
감사한 마음과 믿음으로 사랑할 때이지요.

암벽 사이에 선 나무

산길을 가다가 암벽 사이에
선 나무와 마주보며 대화를 나눈다
대단하구나
어쩜, 그런데서 살아날 수 있는지…

가파른 암벽을 타고
긴 세월의 여정에서 흘러내리지 않고
발버둥 치며 살아 왔는지…
그 용기와 인내심의 경의를 표한다

여기 뿌리까지 낸다는 것은
뿌리까지 이해할 수 있는 지혜가 있지 않을까
아무것도 모르는 곳에 숨어서
오늘도 성실하게 하루를 살아가는 모습이어라

척박한 땅에서
외로이 가난하고 힘든 생활 속에서도
기쁨과 즐거움으로 자족하는 마음이기에
묵묵히 견디며 제 갈 길을 걸어가는 모습이어라

보이지 않는 그 곳에서

한껏 마음껏
아름답게 뒤틀린 자태를 들어내며
저 높이 함성을 지르고 하늘의 눈으로 향한다

암벽에 선 나무를 보면서
뒤틀린 모습도 아름답다는 것을
부끄러움도 없다는 것을
그 삶이 희망과 활기라는 것을

오늘이 주어질 때

오늘이 아름다우면 내 삶이 아름답다는 것을
오늘이 추하면 내 삶이 추하다는 것을
오늘이 기쁨이면 내 삶이 기쁘다는 것을
오늘이 가난하면 내 삶이 가난하다는 것을
오늘이 결핍하면 내 삶이 결핍하다는 것을
오늘이 고귀하면 내 삶이 고귀하다는 것을
오늘이 사랑하면 내 삶이 사랑하다는 것을
오늘이 부정하면 내 삶이 부정하다는 것을
오늘이 근심이면 내 삶이 근심하다는 것을
오늘이 풍성하면 내 삶이 풍성하다는 것을
오늘이 싱싱하면 내 삶이 싱싱하다는 것을
오늘이 진실하면 내 삶이 진실하다는 것을
오늘이 인내하면 내 삶이 인내하다는 것을
오늘이 부자이면 내 삶이 부자이다는 것을
오늘이 명품이면 내 삶이 명품이다는 것을
오늘이 거짓이면 내 삶이 거짓이다는 것을
오늘이 행복하면 내 삶이 행복이다는 것을
오늘이 희망이면 내 삶이 희망이다는 것을
오늘이 긍정이면 내 삶이 긍정이다는 것을
오늘이 걱정이면 내 삶이 걱정이다는 것을
오늘이 죽음이면 내 삶이 죽음이다는 것을

오늘이 화평이면 내 삶이 화평이다는 것을
오늘이 화목이면 내 삶이 화목하다는 것을
오늘이 자비하면 내 삶이 자비하다는 것을
오늘이 양선하면 내 삶이 양선하다는 것을
오늘이 충성이면 내 삶이 충성하다는 것을
오늘이 온유하면 내 삶이 온유하다는 것을
오늘이 절제하면 내 삶이 절제하다는 것을
무엇이 짧고 무엇이 약하고 무엇이 깊을까?

하늘에 햇빛만 쌓여있다면

하늘에 온통 햇빛만 쌓여있다면
당신의 삶은 고되고
당신의 삶은 땀으로 뒤범벅이 되겠지요.

하늘에 온통 햇빛만 가득하다면
이 땅에 나무도 살 수 없고
물은 메말라 땅이 사막화 되어가
우리네 사람은 살 수 없는 환경으로 만들어대겠지요.

하루의 삶도 즐거움이 없고
그날그날 살아가는 기쁨도 없고
온통 마음속에
한 줄기 빗소리를 기대하게 되겠지요.

하늘에 먹구름이 있다고 한탄하지 말고
하늘에 천둥, 번개 친다고 놀라지 말고
하늘에 세찬 바람이 분다고 두려워하지 마세요.
이 또한 지나가고
하늘에서 들려오는 소식은 우리의 삶을 즐거움으로 되겠지요.

하늘에 햇빛만 가득해 달라고 구하지 마세요.

때로는 구름도 있어야겠고
때로는 바람도 불어야겠고
때로는 천둥도 필요하다는 것을.

그리하여 구름도
그리하여 바람도
그리하여 천둥번개로 휘몰아 칠 때
하늘의 아름다움으로 생명을 그릴 수 있다는 것을.

창

사람은 담이다
견고한 담은
큰 성으로 이루어진 벽이고
작은 성으로 이루어진 바위성이다

담은 바깥세상을 볼 수 없다
성 안에서 외로움과 우울증으로 산다
매일 반복되는 일상생활은 단조롭다
고통과 아픔으로
작게 위로해 주는 목소리 하나 듣지 못한다

그대에게
낮이 캄캄한 어둠에 잡혔더라면
고달픈 인생을 견뎌낼 수 없었더라면
이 순간
작은 목소리를 원한다면 창을 내라

창은
하늘을 보고 마음을 여는 곳
길고도 먼 고독을 깨뜨리며
은밀하게 대화 나누는 기도의 장소이다

누군가가 창밖에서 두드리는 자가 있나니
이때, 닫힌 창 두드리는 소리를 들어라
듣고 닫힌 창을 열어라
당신의 마음의 창을 열어라
어두움을 물리치고 환한 세상을 보기 위하여
순간마다 다가오는 손길 하나를 잡아라

용서

사람은 이 세상에서 살면서
자신뿐만 아니라 다른 사람과도 대화를 다룬다
대화 속에는 언제나
갈등의 요소가 폼을 잡고 이리저리 뒹근다

원하지 않은 일로 해야 하는 것들을
원하는 것들이 이루어지지 않는 것들을
원망과 불평을 한없이 쏟아내고
마음의 상처를 크게 잇대어 덧입힌다

그러다 보면
고통의 멍에로 몸과 마음의 위로를 받기 전에
과거의 일로 현재를 지배당하는
어리석은 짓으로 깊은 불행을 시계열시킨다

용서하지 못함으로
몸과 마음이 사망의 음침한 골짜기를 가는 것보다는
용서함으로써 내가 사는 길인 것을
남을 용서하지 못함으로써 내가 죽는다는 것을 어찌할까

용서는 어떻게 해야 치유할까

용서는 아홉 획으로 지어지는 의미는
함께하는 뜻이 아닐까 해봄직하다
나와 함께 다른 사람을 품을 때 사랑의 치유가 된다는 것을

이 세상의 모든 죄를 짊어진
예수를 바라보자
예수는 이 세상의 모든 죄를 용서하기 위하여
십자가 위에서 죽으시고 부활하셨다

차 한 잔

사람들의 마음은
좋은 씨앗과 나쁜 씨앗이 함께 자란다

좋은 씨앗은 자라는 속도가 늦지만
나쁜 씨앗은 자라는 속도가 빠르다

마음에
나쁜 씨앗이 보일 때 마다
잘라내야 하며 깨끗이 씻어 말린다

나쁜 씨앗이란
불평, 불만, 화, 짜증, 실망과 미움,
근심과 걱정, 불안과 초조, 분노와 폭발 등
마음을 상하게 하며 괴롭히는 종양으로서
뜨거운 불에 기도와 인내로 영양제를 첨가하여
완전히 없어질 때까지 바싹 졸인다

좋은 씨앗은
좋은 생각을 품고
기쁜 마음으로 감사제를 올리고

미소 띤 양식으로 믿음을 따뜻하게 들어 마신다

좋은 차 한 잔
마시는 즐거움으로 살아갈 힘을 얻는다면
이보다 더 좋은 세상,
밝은 세상으로 만들어 지겠지요

모래알이 들어오거든

모래알이
바닷가에 주~욱 깔려 있다면
좋은 휴식처로
누구나 도움을 주는 관광명소로 알려지리라

모래알이
조개 속으로 쑥 밀고 들어오면
조개는 거듭되는 괴로움을 이겨내지 못하고
결국 그 생명은 상실감을 맛보리라

조개 속에
갑자기 모래알이 쏙 들어오면
거부하지 못한 그 조개는 쓰디 쓴 눈물을 뿌리며
가시 찔리는 고통을 이겨내는 즐거움으로 노래하여야 하리

노래는 고통스런 고백으로
하루하루 살아가는 고통의 멍에는 형언할 수 없으리라
긴긴 세월동안
인고의 고통은 누가 인정해 주랴

조개의 품속에서

자란 모래알은 날마다 한 모금씩
겹을 싸고 또 겹을 싸는 즐거움으로
깊은 감옥으로부터의 사색에 잠겨 황홀경을 연출하구나

삶 속에 고통과 시련을 포기해 버린다면
종착점에 도착했을 때는
아무것도 남아있지 않아 나 자신 버린다는 것을
고통과 시련은 언젠가는 유익이라는 것을 잊지 말거라

이별의 날

이별은 흔적을 남긴다.
흔적을 찾으려고 사람은 분주히 애쓴다.
무슨 흔적을 찾을까.
나쁜 추억보다는 그와 함께 한 시간
내 기억 속에 간직한 미담만을 찾으려고 하겠지.

이별은 슬픔을 올린다.
사랑하는 자의 떠남을 아쉬워한다.
어떤 그림자를 찾을까.
슬픔을 올린 그 때에 함께 한 시간
선택한 슬픔의 현장을 기억하려고 하겠지.

사랑하는 자가 세상을 떠남이다.
나의 작은 세계가 머무르는 그 곳이 없어진 자리
무수히 쌓였던 그림자가 사라진다.
마치 아무 일이 없었다는 듯
그 날과 그 시는 그대로 움직인다.
분명히 하나가 없음에도 불구하고 이상하지 않다.

있어야 할 그 장소에서
이제는 당신의 아름다운 목소리를 들을 수 없고

당신의 손길을 기대할 수 없는
사랑의 참 맛을 느끼지 못하는 아쉬운 마음이 깊어간다.

사랑은 깊다.
사랑은 영원히 아름답게 이어지는 것이 아니라는 걸,
사랑은 지금 이 순간,
여기에 그 사랑이 그만큼 애지중지하다.

김용원

「문예사조」 등단
한국문인협회, 국제펜클럽 한국본부 회원
안양문인협회 이사, 오산문인협회 회원
글길문학동인회 회장
㈜세종디스플레이 대표이사
시집/「내 삶의 나무」, 「그대! 날개를 보고 싶다」

2017년 추석

새벽에 달려가는 고향 땅.

중고차 시장처럼 긴 행렬을 실어서 새벽에 출발했지만 그래도 예상을 벗어났다. 경부선은 나름 나처럼 생각이 같은 사람들이 많았다.

달려라. 시속 40, 내 마음 200이다.

중부내륙 몇 개의 산을 뚫고 안개들의 환영에 더 고향이 그립다. 새벽 시간에도 금세 알아차리시고 배웅을 나오신 어머님! 손자들을 차례로 안아 주신다.

새벽이 환하다. 온돌은 저녁에 넣어둔 불이 아직도 온기를 품고 나는 10도 세기 전에 잠들었다. 아침이 되었지만, 닭 우는 소리보다 동생의 아침 먹자는 소리가 닭 우는 소리보다 크게 들렸다. 남아있는 잠은 피로와 포옹을 하고 있었다. 그래도 운동 많이 하고 먹는 아침처럼 맛있다.

젊음으로 가득 찬 동생이 만들어가는 고향의 산천을 찾아 나섰다. 아부지의 피와 땀으로 범벅이 되었던 대지들의 아우성들이 들려온다.

혼자서 많은 그림을 그려 보았었다. 그림은 수채화처럼 아름다웠다. 내가 그린 그림은 아니지만, 동생이 그리고 있네. 유사한 짝퉁 그림을 천천히 그리고 있다.

율림리가 노을처럼 익어간다.

전 부치고, 송편 만들고, 고기 굽고 사랑을 비비고 있다. 삽장거리 구석구석을 가을바람들이 놀고 햇살들이 숨바꼭질하고 한절미에 빠글빠글 모여서 자치기, 말뚝박기하던 용원이가 어무니 찾는 소리에도 아랑곳없네.

오늘도 노을은 떠나지 못한 순이 생각이다.

3일 오전 11시쯤 작은처남이 비보를 전한다. 인천 큰 처남댁으로 가시려고 채비를 하시던 장모님께서 침대에서 넘어지셔서 골반골절이란다. 119를 타고 홍

성의료원에서 응급처리 후 앰블런스로 천안 순천향대병원으로 이송 중이시란다. 실시간 움직임이 보이고 금순이 마음이 장모님 옆에 있다 추석 음식들이 한숨에다 걱정까지 절여진다. 추석음식에 집중하는 모습에 내가 분주하다. 천안 작은 처형이 응급실에서 병실로 전 부치다 달려가 우리를 안심시킨다. 가깝다는 게 이렇게 명사가 되는 시간이다.

산소, 높은 구름 아래에서 엄숙히 차례를 지내고 바쁜 동생은 서울로 가고 어머니의 손길들을 하나씩 모아 천안 장모님 계신 곳으로 간다.

대퇴부 골절수술은 6일 오전에 수술하신다. 저녁 6시 30분 천안 순천향병원 도착 먼저 도착했던 인천 큰처남은 벌써 올라갈 채비를 하고 병원주차장에서 만났다. '안녕하세요.' 그리고 이어서 '안녕히 가세요.'

인천에선 장인어른 제사를 모시고 장모님 병원이라 내려오는 길 얼마나 차가 많았는지? 몇 시간에 걸려서 내려왔단다. 이번 2017년 추석 명절 날 참으로 분주하다. 한 시간가량 병원에서 인사 나누고~수술이 내일 오전이라 내일 다시 올 요량으로 수원으로 출발….

이렇게 이번 명절이 가는구나. 담날 아침 천안으로 출발….

국도를 이용했다. 간간히 라디오에서 걱정을 한다. 경부고속도로가 주차장이라며~

천안병원에 도착했다. 오전에 수술방 가기로 했는데….

아직 진행할 예정이 없다. 무작정 기다리는 수밖에 없다. 오후 1시 되어 수술방으로 이동해서 수술이 시작되었다. 수술은 2시간 회복실에서 1시간 이상 사진촬영, 다시 병실 이동에 많은 일이 순식간에 벌어진다. 장모님 전신마취로 간호사들은 분주하게 여러가지 줄을 또 주사바늘을 몸에 꼽고 셋팅을 한다. 간병인 오셔서 간호사들도 편하게 일하고 우리도 간병인의 지시에 따른다.

작년에는 아버님께서 트랙터 오작동으로 다리를 다치셔서 상주적십자병원 응급실에서 수술을 받으셨다. 모두들 얼마나 놀랐는지 그래도 지금은 어디든지 잘

댕기시는 모습을 보면 다 잊으신 게다. 정말 머니머니 좋다 해도 건강보다 더 좋으려나…

장모님 천천히 회복하셔서 좋은 시간 많이 만들어요. 사랑합니다.

박두원

「가온문학」 수필 등단
조일광고 copy부문 신인상
홍익대 광고 홍보 대학원
이태문인협회 회원

추석 연휴에 생각나는 '미스터리'

대학 시절 친하게 지내던 친구가 가지치기를 하다가 나무에서 떨어져 중환자실에 있다는 연락을 받았다. 머리를 크게 다쳐 대수술을 하였고 사고가 난 지 한 달이 되어도 아직 회복을 잘 못하고 있단다.

과대표였던 친구가 병원을 알려주어 마침 추석 연휴 기간 인지라 문병을 갔다. 중환자실 앞에는 여러 가족이 면회 허락 될 차례를 초조히 기다리고 있었다. 하루에 면회가 두 번 허락되고, 면회시간이 제한돼 있어서 나도 시간에 맞추어 가서 대기하였다.

호명이 되어 들어가니 머리에 붕대를 칭칭 감고 자는 듯 누워있는 그의 침대에 한 처녀와 같이 서게 되었다. 누구인지 물으니 둘째 딸이라고 하였다.

아빠의 상태가 어떠한지 물으니 수술 경과는 좋다고 하는데 잠자는 시간이 대부분이고 간혹 깨어났을 때 딸 둘은 알아보는데 부인인 엄마를 잘 못 알아본다고 하였다. 딸이 면회 왔다고 흔들어 깨우니 눈을 뜬 그는 나를 보자 눈동자를 굴리며 말은 못 하지만 아는 표정을 지었다. 그리고는 무슨 말인가 하고 싶어 하였다. 짧은 면회를 마치고 나오며 3년 전 그의 펜션에 갔던 기억이 되살아났다.

그의 펜션에 가게 된 것은 5~6년간 소식이 없던 그가 전화를 해왔기 때문이었다. 내게 잘 지냈느냐며 그동안의 근황을 간단히 묻고는 따발총처럼 자신의 이야기를 쏟아내었다. 그리고는 안면도 위쪽 '모항'이라는 작은 항구가 있는 마을에서 펜션을 하고 있으니 한번 놀러 오라고 하였다.

'경매가 정도로 싸게 사서 운영을 하고 있다'며 좋아하는 친구의 들뜨고 밝은 목소리가 생각나 보름 정도 후인 3월 말 어느 토요일 마누라와 비교적 쌀쌀한 날씨지만 친구의 펜션을 향해 차를 몰았다.

집에서 2시간 반 정도를 예상하고 출발했으나 몰려드는 나들이 차량들과 엉키어 4시간 반 이상이 걸린 저녁 무렵인 오후 5시 넘어서 도착하였다.

생각보다 큰 규모인 40개 정도의 방을 갖춘 건물 2개를 함께 운영하고 있었다. 바닷가 전망이 가장 좋다는 방을 배정해주어 여장을 풀고 주변을 둘러보려 나섰다. 하지만 차가운 바닷바람이 어찌나 세게 부는지 10분도 채 안 되어 돌아오고 말았다. 바람 소리도 장난이 아니었다. 내륙인 안양에 사는 나로서는 혀를 내두를 정도의 환경이었다. 카운터 안쪽의 내실에서 그의 처도 함께 사가지고 간 고기를 구워 저녁을 먹으며 소주로 건배하고 그동안 산 이야기, 고생한 이야기들을 서로 나누었다.

밤 10시가 넘어서 처와 방으로 올라와 간단히 씻고 침대에 누웠는데 펜션을 스치는 바람 소리가 방음이 잘 안 되어서 인지 여러 가지 소리를 내며 들려와 신경이 많이 쓰였다. 그 소리에 약간 취하고 피곤한 데도 잠이 잘 오지 않았다.

초봄인데도 서해에서 불어오는 바람이 대단하다는 생각을 하며 잠을 청했다. 낯설기도 하고 한밤중인지라 더 크고 요상하게 들렸다. 창 너머로 들려오는 바람 소리에 뒤척이다가 어렴풋이 잠이 들었다.

그런데 꿈결에 어떤 여인네가 내 가슴 위에 올라타고는 내 목을 자꾸 조이고 또 조이며 죽이려 하였다. 아무리 밀치고 뿌리치려 해도 감당할 수가 없었고 더욱 조여만 왔다. 한참을 그러다가 어느 순간 있는 힘을 다해 그녀를 밀치며 깨어났다. 너무도 생생하고 무서운지라 눈을 뜨고 멍하니 누워있는데 옆에 자던 마누라도 막 눈을 뜨고는 악몽을 꾸었다며 깨어났다.

마누라는 얼마 후 다시 잠이 들었지만 나는 너무도 생생하여 도무지 다시 잠을 이룰 수가 없었다. 시간을 보니 밤 2시 반이었다.

요상한 바람 소리는 창문 방을 타고 계속 들려오고 있었다. 공포감에 눈을 뜬 채로 빨리 날이 밝기를 기다렸다. 일어나서 조심스레 룸의 현관문이 잠긴 것을 몇 번인가 다시 확인 하였다.

아침 8시경 산책을 하자고 인터폰이 와서 잠을 잘 못 자 멍한 상태로 준비를 하고 펜션 마당으로 나갔다. 그런데 친구가 펜션 마당에서 키우는 개犬인 '검둥이'를 데리고 펜션 주위를 돌다가 내게로 오며 잘 잤냐고 묻는 순간 '검둥이'가 반가운 표시인지 내게로 껑충 뛰어 올랐다. 예기치 못한 상황이라 나는 몸을 피하다가 옆으로 넘어졌다. 넘어지면서 오른팔로 약간 경사진 땅바닥을 짚었고 잠시 후 일어났는데 어깨가 좀 시큰거렸다.

대수롭지 않게 여기고 함께 바다가 내려다보이는 능선을 따라 한 시간 이상 걷고는 돌아와 아침을 함께 먹었다. 식사 후 주변을 몇 군데 더 돌아보고는 서둘러 돌아왔다.

이렇게 다친 어깨는 많이 아프지는 않았지만 집에 돌아와서도 계속 신경이 쓰이고 어깨 속 안쪽이 욱신거리고, 힘쓰는 일을 하는데 불편하였다. 병원을 다니며 치료를 받고 다 낫게 되는데 약 2년이 걸렸다. 친구는 다시 오라고 몇 번 연락을 해왔지만 가고 싶은 마음이 나지 않았고 꿈이 생각나 무서워서 일이 바쁘다는 핑계로 계속 미루고 가지 않았다.

병원으로 문병을 가면서 친구의 사고에 대한 걱정과 함께 그날 밤의 공포도 되살아났다.

문병을 다녀온 후 1년 뒤 큰딸을 결혼시킨다 하여 예식장에서 본 친구는 부축을 받으며 걸을 수 있고 사람들을 많이 알아볼 수 있는 정도로 회복이 되어 있었다. 말은 어눌하지만 자신의 의사표시는 대강 하였다. 하지만 최근 3~5년 내의 일들과 만난 사람들을 잘 기억 못하고 행동이 여러 면에서 부자연스럽다며 부인이 크게 걱정을 하였다. 펜션은 팔려고 내놓은 지가 꽤 되었는데 살 사람이 없어서 걱정이라고 하였다.

나중에 들은 이야기이지만 펜션이 지어진 그 언덕은 6 · 25 사변 때 인민군들이 사람을 모아놓고 학살해 묻은 장소로 공동묘지였다고 하였다.

시간이 지나 멋진 펜션이 지어졌는데도 그 언덕에서 희생당한 영혼들이 억울해서일까…. 그날 밤의 공포, 나의 어깨부상, 친구의 사고 그리고 사업부진 등, 일련의 사건이 희생당한 영혼들과 어떤 연관이 있는 것은 아닌가 하고 또 그곳에서 다른 사건은 없었는지 하는 의문이 자꾸 들었다.

우연히 일어난 일들이라고 생각하기엔 이해가 잘 안 되는 일들이 이어져서 나는 친구의 펜션을 생각하면 지금도 알 수 없는 '미스터리'에 금세 오싹해진다. 펜션은 결국 경매로 새 주인을 기다리는 운명을 맞게 되었단다.

경치 좋고 아늑한 작은 항구 마을이 새로운 밝은 기운으로 가득한 항구가 되는 날이 오길 바래본다.

백옥희

글길문학동인회 총무
안양문인협회 회원
시와 길 문학 회원
안양시낭송협회 이사
스피치 1급 지도사
시낭송 1급 지도사
한국문화예술진흥협회 주관, 시낭송대회 은상 수상

관양동 유적지에는

아스팔트가 불타는 금요일에 4호선 인덕원역에서 10시에 만났다. 문화 해설사 선생님도 우리를 도와주는 직원도 큰 그늘을 드리운 밀짚모자를 쓰고 있다. 물 한 병씩을 나눠 받고 첫 접견지는 사통팔달의 인덕원 사거리에서 그 지역을 지키는 과천 현감비, 앉을 자리 못 찾아 몇 번씩 쫓겨 다니며 귀퉁이 베이고 갓모도 떨어져 옹색한 차림새다. 좌르르 좌천됐다가 우르르 복원된, 그나마 몸뚱이는 요지 땅에서 사통을 우러르니 다행이다.

이곳 땅속에서 덕을 베푼 형리들 덕분에 인덕원이란 이름으로 불린단다. 또 임금님이 화성으로 행차하며 안녕을 기원해서 붙여준 지명, 지금도 안녕한 안양시이다. 오늘에서야 알게 된 '삼남 길'을 언젠가 꼭 걷기로 다짐하며 경유한 표시 도장 꾹 찍어 다짐해 본다.

살기 좋은 배산임수는 이름난 포도 고장, 인심도 후해서 먹고 남는 것은 싸서 보냈단다. 지금은 주변 발달로 4분의 1도 안 되게 포도 농장이 명맥을 유지한다. 선사시대 씨족 사회엔 공동 생산해서 물물교환하는 직거래가 정다웠다.

정수리에 햇살의 파편들을 도망쳐서 들어온 호젓한 숲길에 보랏빛 칡꽃과 새하얀 망초 꽃이 비만 오기를 학수고대하며 배를 곯고 지쳐 쓰러질 지경이다.

조금 언덕을 올라가니 세 번째 탐방지인 청동기 유적지이다. 돌과 나무로 생활용품을 만들어서 움막에서 불을 사용한 우리 조상들이겠다. 문화 해설사는 농사도 짓고 타 지역 주민과 물물교환을 할 정도로 부유하고 지혜로운 점을 알 수 있다고 한다.

신도시를 건설할 때 여러 유물이 발견된 것으로 보아서 지금처럼 살기 좋고 야생 동물로부터 피해를 예방할 수 있었던 곳임을 알 수 있다고 했다.

우리가 유적지를 찾는 이유는 우리 지역을 알고, 소중한 삶의 지혜를 배우며 남의 것에 한 눈 안 팔 것을 상기하기 위함인 것 같다. 올라간 길반대쪽으로 새로 난 길을 가로질러 가니 동편마을이다. 들어가니 좀 전과는 정반대로 아파트 사이로 즐비한 카페들이 대낮에도 늘어진 하품을 하고 있다. 일주일 전 여기서 제 37회 안양 여성 백일장 대회의 그 소란함은 어디에도 없다. 꽤 큰 단지에 중학교가 없다는데, 학생을 수용하지 못하는 자치 단체의 정책에 주민들이 불만을 안고 있다는 후문이 있다. 그 문제에 화해를 유도해서 저층 단지에 차 없는 골목을 조성하고 꽃과 채소 가꾸기 운동을 하는 '정다운 골목'에 안간힘으로 핀 베고니아가 목이 탄탄하다.

전원주택 하얀 대문 위로 주인이 매어 놓은 줄을 타고 올망줄망 포도송이가 매달려 땡볕에 홍조가 돼 있다. 내가 초등학교를 다닐 때, 우리 집 마당에 작은 꽃밭에 오빠가 매어놓은 새끼줄을 타고 보라색 나팔꽃이 아침마다 나팔을 불어서 나를 깨워 주었는데…

오늘 탐방은 여기까지이다. 예쁜 길을 뒤로하고 햇볕이 너무 뜨거워서 관양 3동 사무소로 버스를 타고 간다. 발이 부르튼 일행 한 분은 신발을 벗어 쥐고 맨발로 달구어진 아스팔트 건널목을 지나 버스에 오른다. 우리를 맞아주는 동사무소 3층에는 컵 도시락과 프로그램 조사표와 후기 노트가 각 자리에 놓여 있다. 나는 이런 글과 사진 자료로 탐방 후기를 접수했다. 우리 동네 탐방을 하면서 '안양 제 2의 부흥'이란 이 슬로건의 일환에 함께 해서 안양을 보게 되니 좀 더 애착을 가지고 우리 마을을 사랑하기로 다짐해 본다.

이미선

글길문학동인회 동인

어떤 삶을 위로하길

　한 사람을 사랑할 때 욕심이 지나치거나 집착이 될 만큼 병이 돼 버리면 지혜롭지 못한 판단도 하게 되고 때론 그 사랑이 독이 되는 경우도 있다.

　상대방을 제대로 읽지 못하고 내 식으로 사랑하느라 애쓰면 늘 체하거나 때론 거침없는 사랑은 내가 오히려 드러누울 만큼 아프고 만다. 서서히 기다려주고, 때론 방치하듯 떨어져 있어도 좋다. 내 욕심만큼 오지 않는다고 보채면 덜컥 멀어지고 진정 사랑인지, 내 위로를 채우려는 방편이 된 적은 없는지, 알기 힘들 수도 있다.

　자식 사랑까지도 늘 새로운 사랑이 새롭게 싹튼다. 결국, 어떤 형태의 사랑이든 함께 성장한다. 서로의 속을 모두 보아야 하는 것도 아니고 전부를 다 알아야 그 사람을 통째로 갖는 것도 아니다. 내 사랑의 방식으로 상대의 사랑을 저울질하며 상처 주지도 말아야 한다. 물론, 사랑이라는 이름이 때론 다른 각도로 잔인하다. 지나친 격정으로 인하여… 살을 내주고, 피를 나누는 의식으로 사투를 벌이며, 아픈 것이 또 하나의 사랑의 몸짓이다.

　하물며 식물마저 그러했다. 커피 가게에서 가져가라던 커피 원두가루를 내 딴엔 우리 집 화초를 지나치게 애정하느라 말리면 괜찮을 줄 알고 바짝 말린 후 화초에 넣어주었다. 커피 가게에서 내어놓았을 땐 화분에 주면 좋다고 했을 뿐, 화분 관리 요령을 써둔 것은 아니었다.

　지금 사는 집으로 이사 올 때 새로 몇 개 산 화분을 많이도 사랑하며 나름 잘 키우는 중에 커피 독을 내 사랑 방식으로만 해석하여 맹목적인 사랑을 주었던 화초가 어느 날부터 서서히 색이 변해가며 축축 늘어지고 맛이 가고 있었다.

　아, 내 실수임을 인터넷 검색을 해보고서야 알았다. 흙과 함께 섞어주는 것이었다. 화초 가까이에 그렇게 많은 양을 무작정 덮어버리는 바보 사랑은 하면 안

되었다. 내 사랑 방식은 미련하고 내 부족만큼 넘쳤다.

무엇을 좋아하는지, 무엇을 거부하는지 어떤 것을 힘들어 하는지 나는 사실 화초를 잘 알지 못했다. 모르면 가만두어야 했다. 결국 몽땅 사망했다. 그래도 생명력이 끈질긴 것은 간신히 살아남았다. 그 한 잎이 아직 살아있어서 열심히 물만 주었는데 다행히 꽃을 피우는 중이다. 새로운 잎들이 봄 되고 여름 되니 부지런히 올라오고 있다. '강한 녀석, 기특도 해라' 이런 내 시선을 느낀 듯 사랑스러운 푸른 잎들이 비쭉비쭉 고개를 내민다.

그런데 정말 신비로운 일은 지금부터라고 말하는 듯, 그동안 버려두었던 화분에서 숨 쉬는 소리가 들린다. 죽은 줄 알아서 물 한번 안주고 버렸던 노란 화분에서 푸른 대가 올라오고 있는 것이 아닌가. '너 조용히 뭐 하고 있었던 거니…' 안쓰러워서 얼른 물을 잔뜩 주었다. '가뭄에 귀한 단비, 폭포 같은 소나기 내린다' 했을 것이다. 내 미안한 사랑을 더 해 듬뿍 샤워시켜 주었다.

내가 너를 사랑한다 해도 내가 줄 것은 겨우 물 뿐이니 '부디 살아서 피어나거라… 피어나라… '너는 내가 버렸어도 홀로 든든히 자라고 있었구나' 예쁘다. 참 예쁘다. 그래서 너는 이전보다 더 예쁘다. 무관심했던 모든 시선을 거두고 식물을 통해 내게 건네는 말들을 고요히 들었다. 하찮게 여겨져 죽었던 식물도 부활하여 다시 소생하듯 살아냈다. 당신은 축복 속에 세상을 용감하게 뚫고 나온 귀한 하나뿐인 영혼이다. 당당히 세상 가운데 우뚝 서야 한다. 기죽지 말아야 한다. 막연하고 사방이 막힌 듯해도 물 한 방울 없어서 목이 메어도 울어서 한없이 울기만 해서… 퉁퉁 부은 눈물이 밥이 되어야 해도 일어서야만 한다.

교만을 내려놓기를 원하시는지 내가 가진 지식을 버리길 원하시는지 그 모든 것을 향한 그분의 섭리가 어디에 있는지 우리는 모른다. 다만 그래서 더욱더 엎드린다. 잘 견디어 승리하길 간절함으로 애끓는 사랑으로 기도한다. 죽으라고 버려둔 것도 저 홀로 살아남았지 않은가… 하물며 그대는 내 사랑을 듬뿍 받고 있지 않은가..겨울 칼바람 같은 추위 한가운데도 가난하여 맑은 영혼의 친구 하나 있음으로 인해 기뻐하여도 된다. 살아야 할 이유는 수없이 많다. 슬픈 것뿐이고 절망뿐이어도같은 상황의 아픔에서도 마음의 근육 회복이 빠른 사람은 보는 시각이 다르다.

염세적인 사람은 늘 안 좋은 상태라고 착각하기 쉽지만, 독이든 사과도 약이 될 때가 있듯이 죽음과 비관적 태도는 자신과 현 상황의 불행을 다른 각도로 보는 눈이 생기며 넓은 사고관이 형성되기도 한다. 그러하여 염세적일 만큼 슬픈 당신의 회복을 그래도 믿는다.

현종헌

대구대학교 및 한국교원대대학원 국어교육과 졸업
현재, 성남시 성보경영고등학교 재직
"포스트모던" 시 신인상. 월간중앙 넌픽션 당선
시집/『추억은 하늘 속에 흩날리고』
수필집/『유채꽃』, 『산속에서 열흘』, 『성산일출봉』 등
문학기행 안내서: 『선생님과 함께하는 문학기행』 (공저) 등이 있음.
현재, 장편소설 『환상기행』 (전5권) 집필 중.

꽃들의 전쟁

평택에서의 나의 글쓰기 작업은 통상 새벽에 눈 뜨면서 시작하여 저녁 7시가 넘어서야 끝난다. 그런데 갑자기 나의 생활 리듬이 깨져 버린다. 오후 5시 45분에 시작하여 60분간 방영되는 사극 한 편이 내 작업 시간대에 끼어들었기 때문이다.

어느 날, 텔레비전 채널을 무심코 돌리다가 맛보기 삼아 보았던 예고편이 화근이었다. 김자점이라는 양반의 야심에 찬 눈빛과 얌전이라는 후궁의 알 듯 모를 듯한 미소에 한순간에 홀려 버렸다. 2013년에 JTBC에서 방영되었던 50회 분을 2016년 1월부터 경인방송에서 재방송하는 것이었다.

내가 이토록 텔레비전 드라마에 빠지게 된 경험은 20여 년 전의 "모래시계" 이후 처음이다. 대한민국 남심男心을 저격하며 남자들의 퇴근 시간을 앞당기게 했다는 "모래시계"는 탄탄한 구성과 박진감 넘치는 스토리 전개로 일약 유명세를 탔었다. 그런데, 그에 못지않게 지금 시청하고 있는 "꽃들의 전쟁" 역시 작품 완성도가 높고 잠시도 한눈팔 수 없도록 흥미진진한 이야깃거리로 만들어졌는데, 과거에 왜 뜨지 못했는지 궁금했다. 시청권이 한정된 종편 방송이라는 한계 때문이었을까.

아무튼 나는 그 드라마에 매달리는 시간이면 즐겁기도 했지만 한편으로는 시간 낭비적인 요소가 되어 짜증스럽기도 했다. 하여, 28회까지는 평택 집필실에서 보고 나머지 22회는 분당 본가에 가서 '올레TV'로 다 보았다. 회당 700원씩 하는 유료 시청료가 아깝지 않았다.

학교 임시 소집일이 있는 출근 날을 전후하여 사흘간을 작정하고 시청했다. 버튼으로 화면을 앞으로 당기는 '빨리 보기' 기능이 있었지만 궁궐 처마 사이로 지나가는 실바람 풍경조차 놓칠세라 느긋하게 화면만 지켜보았다. 숨 넘어가기

직전의 왕이 승하하기까지 30여 분 걸렸으나 '느림의 미학'은 그 나름의 쏠쏠한 흥밋거리를 주었다.

나는 전회全回 시청을 마치고 평택에 내려오면서 운전대를 잡고서도 줄곧 "꽃들의 전쟁" 속에 나오는 명장면과 명대사 들을 회상한다. 나는 '좋은 드라마란?' 하고 자문하고, '시청자로 하여금 등장인물 누구의 편에 서지 않게 하면서도 흥미를 주는 극劇'이라고 자답한다. "모래시계"에서 친구 사이인 깡패와 검사 모두에게 호감을 지녔듯이 "꽃들의 전쟁"에서도 나는 어느 한편을 지지할 수가 없다. 모두가 자기 몫을 다하고 살다 간 우리 역사의 주인공들처럼 여겨진다.

어느 순간, 차의 내비게이션에서 나오는 아나운서의 경고음이 정신을 번쩍 들게 만든다.

"경로를 이탈하였습니다."

'그래, 극중 인물들 모두가 자신의 경로를 이탈하고 있었지. 사랑과 권력을 쟁취하기 위하여 그들은 하나같이 악마가 돼 가고 있었어. 만백성을 호령하던 임금조차도 혼을 빼놓은 채 하루하루를 힘겹게 버텨 나가고 있었던 거야.'

나는 잘못된 길을 가면서 나지막이 웅얼거린다. 그리고 조선왕조표를 떠올린다.

"태정태세 문단세, 예성연중 인명선, 광인효현……"

우리는 한국사 시간에 임금 명의 첫 글자들을 순서대로 모아 별 생각 없이 외우곤 하지만, 역사를 공부하노라면 글자 하나 넘어갈 때마다 그 안에 숱한 사연과 우여곡절이 담겨 있음을 알면서 깜짝깜짝 놀라게 된다. "꽃들의 전쟁"은 '광인효현'이 얽혀 있으면서 '인'의 '인조 임금'을 중심으로 한 당시 궁궐 내의 권력 다툼 이야기이다.

보통 조선의 왕들은 빈둥거리며 놀고먹던 무능한 존재로 여겨지지만 내막을 들여다보면 나름대로의 업적이 꽤 있다. 일본 제국주의자들에게 나라를 빼앗긴 고종의 경우에는, 군함을 사들이면서까지 군사력 증진을 도모했고 일본보다 전차를 2년 앞서 들여올 만큼 신문물 도입에 앞장섰으며 조선이 독립국임을 세계

만방에 알리기 위해 외교력을 강화했다. 역적 취급 받으며 왕위에서 내쫓긴 광해군도 명과 청 사이에 서서 '중립국으로서의 줄다리기 외교'라는 묘안을 짜내며 조선의 존립과 안녕을 위해 최선을 다했다.

인조 또한 이괄의 난을 피해 공주까지 도망 다니고 한 후궁의 치마폭에 싸여 줏대 없이 굴었을지언정 화폐, 군사, 조세, 토지 등의 분야에서 괄목할 만한 개혁을 감행하였다. 친명배금정책이란 선택 때문에 후금(나중엔 청나라)으로부터 정묘호란(1627)과 병자호란(1636)의 수모를 겪지만 그건 국력이 약한 소국으로서 당한 어쩔 수 없는 환란으로 봐야 할 것이다. 인조를 우매한 왕으로만 보는 관점은 그래서 좀 지양해야 될 듯싶다.

인조의 정비인 인렬왕후가 죽은 후 장렬왕후가 새로운 계비가 되고, 후궁으로 소양 조 씨('얌전'과 '귀인 조 씨'는 同人, 이하 '조 씨'로 칭함)가 들어오면서 궁궐 안은 갈등의 바람으로 회오리치기 시작한다. 그 후, 청나라에 볼모로 끌려가 있던 소현세자와 봉림대군 가족들이 환국하면서 궁중 여인들의 암투는 더욱 격랑에 휩싸인다.

산 정상에서 내려갈 때 조금만 발길을 틀면 하산한 후의 평지 위치가 엄청 달라진다. 팽팽한 기싸움으로 하루도 안온한 날이 없었던 세 여인들은 권력의 정상 언저리에서 애초부터 하산할 방향을 잘못 잡고 있었다. 장렬왕후(이하 '왕후')는 왕과 한 번도 합방하지 못한 채 후사 없이 스물두 살의 젊음을 썩혀 가고 있었고, 민회빈 강 씨(세자빈, 이하 '강 빈')는 꼿꼿한 성품 때문에 시아버지와 반목하면서 왕의 눈 밖에 나 있었으며, 조 씨는 후처 딸로 태어난 서얼 출신이라는 천박한 신분에서 벗어나고자 온갖 수단을 다 부리고 있었다.

세 여인들의 관심은 어떻게 하면 왕의 사랑을 독차지하여 권력을 자기 손아귀에 넣을 수 있을까에 쏠려 있었다. 운명적으로 타고 난 비극적인 상황 때문에 앞날이 결코 순탄치 않으리라는 것을 모두가 잘 알고 있었으면서도 각자 헤쳐 나가는 방법들이 도를 넘어서고 있었다. 모두의 눈가에서는 독기가 흘러내렸다.

여인들은 내방에 갇힌 채 세상의 가장 밑바닥 인생 같은 시기와 음모 속에 살아간다. 그 시대에 오늘날 같은 전깃불이나 스마트폰이 있었더라면 일상이 그런대로 재미있으련만 오직 자신의 욕망을 채우려는 데만 눈이 멀어 왕 한 사람의 생각과 움직임에 온 촉각을 곤두세워가며 살았으니 가치 있는 인간적 삶이라는 신성함 따위는 처음부터 기대할 수 없었다. 가족이 있어서 상황이 나았을 법한 강빈조차 자기보다 매우 외로운 처지의 두 여인에게 한 치 물러서지 않으려고 갖은 계략을 짜낸다. 세 여인들에게 패배는 파멸로 가는 지름길이었다.

짧은 낮 시간이 지나가고 해가 지면, 그 어두컴컴한 공간 안에 갇힌 채 여인들은 남을 헐뜯는 일에 몰두한다. 백 년 묵은 여우가 어둠 속의 궁궐 내를 휘젓고 다니면서 멀쩡한 인간의 혼에 사악한 기운을 불어 놓고 가는 듯하다. 다시 먼동이 틀 무렵, 여인들은 자기가 모함했던 적이 쓰러졌으면 희열을 느낄 것이고 아직 명이 남아 있다면 적의 숨통을 끊어 놓으려고 더 심한 공략 법을 궁리할 것이다.

권력의 정점에 서 있는 왕이라 하여 자기 멋대로 세상을 쥐락펴락 했던 것은 아니다. 신하들의 "그리하면 아니 되옵니다."와 여인네들의 "다른 데로 눈길을 돌리지 마옵소서." 소리에 진저리를 치며 하루하루를 보낸다. 또는, 주변을 맴도는 자객의 검은 그림자나 시시때때로 엄습해 오는 독극물의 위협 속에서 한시도 경계를 늦출 수 없다. 열락의 시간을 보냈을 어느 후궁과의 하룻밤도 맘 편할 리 없었을 것이다. 그러다가 서서히 진이 빠져 한창 기고만장할 나이에 절명하고 만다.

궁중 여인들은 여염집 아낙네들 같은 평범한 부부애를 누리지 못한 채 살아간다. 세자빈을 책봉할 때 간택 받지 못한 여자들은 평생 시집을 못 가고, 간택 받은 왕비라 할지언정 숱한 후궁들과의 경쟁 때문에 한 남자의 품을 혼자만 끌어안고 살 수 없다. 일찍 남편을 여읜다면 남은여생 동안 독수공방을 지키다 간다. 궁녀들 또한 일생을 독신으로 살다가 쓸쓸히 생을 마감한다.

왕의 총애를 한 몸에 듬뿍 받게 된 조 씨는 나날이 콧대가 높아가고, 왕이 떼어 준 권력의 힘을 이용하여 소실의 자식이라는 비천한 신분에서 벗어나고자 안간

힘을 쓴다. 생모를 정실로 앉히는 과정에서 아버지의 본부인이 목매 자살하는 비극을 겪지만 죽은 계모에게 눈짓 한번 주지 않는 비정함을 보인다.

상것이라며 자신을 우습게 보는 강 빈과의 불꽃 튀는 암투가 이 사극의 압권이다. 그녀들로 인해 궁궐 안이 피비린내로 진동한다.

새로운 나라를 건설하기 위하여 친청親淸으로 나아가야 한다는 소현세자의 화친 사상과 부왕의 원수를 갚기 위해 군사력을 키운 후 북벌에 나서야 한다는 봉림대군의 척화 사상이 둘 사이의 명운을 가른다. '삼전도의 굴욕'(병자호란 패배로 청 태종에게 三拜 올린 사건)을 곱씹던 왕에게 큰아들 소현세자는 돌연 적이 되어 버린다. 며느리인 강 빈까지 왕과 사사건건 대립각을 세우고 있던 터였다.

눈치가 제비 날갯짓보다 빠른 조 씨는 왕으로부터 암묵적 동의를 얻어냈다고 혼자 판단한 후 소현세자를 독살시킨다. 그리고 그들의 세 아들과 강 빈의 형제들을 모두 귀양 보낸다.

제주도로 귀양 간 소현세자의 세 아들 중에 위의 둘은 죽고 막내만 살아 돌아온다. "조선왕조실록" 속에서는 원손의 사인을 풍토병이라고 했지만 드라마 속에서는 극적 효과를 노린 듯 조 씨가 보낸 자객에 의해 암살당한다.

그 후, 강 빈이 살아남기 위해 처절하게 몸부림치는 장면은 눈물겹기 그지없다. 강 빈의 위기는 대부분 조 씨로부터 오고, 상황이 급박하게 돌아갈 때마다 강 빈은 조 씨의 치맛자락을 부여잡으며 처음엔 자기 목숨을, 나중에는 자기는 죽더라도 자식만큼은 살려달라고 애원 또 애원한다. 남편인 소현세자가 죽은 이후로 그녀의 눈가에는 눈물이 마를 날이 없다. 절통한 심사를 달랠 길 없다. 시아버지인 왕에게 다시는 맞서지 않겠노라며 화해할라치면 조 씨의 간교함이 둘 사이에 끼어들어 그녀를 그냥 놔두질 않는다.

궁전 앞마당에 쓰러져 호읍하는 강 빈에게 다가가 조 씨가 위로하는 척하며 손을 내밀자 강 빈은 모른 척하며 외면한다. 조 씨가 이마에 핏줄을 세우며 호통을 친다. "천한 것으로 태어난 내 손이 더러워서 잡지 않으려는 게냐?" 하는 날 선 목소리가 소름을 돋게 한다. 가마 타고 사가로 쫓겨 나가는 강 빈 앞을 가로막고 조 씨가 엄하게 꾸짖을 때도 그렇다. "나라에 죄를 지어 궁궐 밖으로 쫓겨 나가는 폐인이 무슨 호사더냐. 당장 가마에서 내려 걸어가지 못할까!"

십대 중반의 어린 두 후궁을 불러놓고 담소를 나누는 자리에서조차 조 씨의 독설은 멈추지 않는다. "너희는 임금의 씨를 잉태하여서는 안 되느니라. 그땐 내가 너희 배를 갈라서라도 씨를 뺄 것이야."

참, 궁중 여인들의 시기와 질투는 어디까지가 끝인지 모르겠다. 사람들을 숯불 속에 떨어뜨려 뼈와 살을 태우거나 독사와 전갈이 가득한 구렁텅이로 밀어 넣어 잔인하게 죽어가는 모습을 즐기던 중국 은나라 왕의 애첩 이야기가 아닌 것만으로도 다행으로 알아야 할까.

남편과 자식들이 죽고 자기까지 죽음으로 내몰리자 강 빈은 최후의 수단으로 청나라에 구원을 요청한다. 볼모 시절에 소현세자와 친하게 지냈던 예친왕에게 마지막 남은 셋째아들을 양자로 삼아달라고 서신을 보낸다. 자신은 죽어도 핏줄 만큼은 살려내야겠다는 의지가 강했던 것이다. 그러나 편지는 조 씨의 수중에 들어가고, 그녀는 그 내용을 사악하게 개작한 후 왕 앞에서 공개한다.

"세자가 독살된 과정을 낱낱이 밝히고, 원손이 제주도로 귀양 가 암살되었음이 분명하니 그 사인死因도 밝혀 달라, 그래서 청나라에게 군사를 보내 달라고 편지를 썼다. 이게 사실이냐?"

왕이 추궁하자 강 빈은 묵묵히 뜸을 들이다가 그렇다고 응대한다. 어차피 목숨 잃을 게 뻔한데 더 이상 구구절절 변명을 늘어놔 봐야 소용없다고 판단한 것이다. 드라마의 묘미를 한껏 더해 주는 장면이다. 거기다가 왕으로부터 죄를 문초당한 후 사약 받는다는 역사적 사실이 조 씨의 음모에 휘말려 죽는다는 각색으로 흥미를 더한다.

강 빈을 구원하려는 상소문이 사방에서 올라오자 노기를 감추지 못한 왕이 "개 새끼 같은 것(狗雛: 며느리인 강 빈을 지칭)을 억지로 임금의 자식이라고 칭하니, 이것이 어찌 모욕이 아니겠는가."라 했다고 '인조실록'은 전하고 있다. 역대 조선의 임금 가운데 이런 막말을 기록에 남긴 경우는 거의 없다고 한다.

궁중의 세 여인은 봉림대군이 즉위했을 때 어떻게 처신해야 자기에게 유리한 지를 자신들만의 셈법으로 살아간다. 강 빈과 조 씨는 오로지 자기 아들이 보위에 오르기만을 꿈꾼다. 왕후는, 강 빈은 자기를 이용하여 세력을 키우려 하고 있고, 조 씨는 언제 자기 목에 칼을 겨눌지 모르며, 봉림대군도 자기를 내칠 게 분명하다며 불안에 떨면서 최선의 길을 찾는다.

드디어 왕이 죽고 봉림대군이 권좌에 오른다. 왕의 유언을 받는 고명대신이 된 신분을 이용해 반란을 도모하던 영의정 김자점의 세력은 일거에 퇴치되고, 조 씨는 선왕의 유언에 따라 살아남게 된다.

최상의 조건을 부여받은 조 씨이지만 주변을 향한 간교한 계략은 타고난 천성인 듯 그 이후에도 끊일 줄 모른다. 왕대비(이전의 '왕후')가 자기 목숨을 노리고 있다는 사실을 잘 알면서도 그렇다. 민간신앙의 힘으로 왕을 저주하던 조 씨의 사악한 주문 행각은 나인의 밀고로 들통이 나고, 원수를 잡아먹지 못해 안달이던 왕대비는 사약 받기 직전의 그녀를 궁궐 밖으로 내쫓아 뭇 백성들에게 돌에 맞아 죽게 한다.

궁중 여인들의 시기와 질투로 얼룩진 꽃들의 전쟁은 목숨이 끊어지는 순간까지도 멈추지 않는다.

왕의 후사 문제를 결정함에 있어서 왕이 봉림대군을 책봉하려 들자 신하들은 왕가의 정통성을 주장하며 왕과 첨예하게 대립한다. 인조반정으로 새로운 왕을 옹립한 공신들은 권력을 꼭 움켜쥔 채 다른 세력의 침투를 막음과 동시에 신권을 강화시키고자 한다.

나는 어떤 상황에서도 한쪽 편을 들지 않는다. 모두가 자기 살자고 하는 행위일 뿐이다. 신권이든 왕권이든 다 부질없어 보인다. 오늘날의 중국인들은 도가의 철학 사상이 부국강병을 일으키게 했다며 선조들을 기리고 있는데, 조선의 영혼을 지배한 공맹 사상이 내게는 왜 이리 부정적으로만 비쳐질까.

나랑 친하게 지내는 친구 하나는 이런 내용의 사극을 좋아한다. 남을 모함하고, 그 함정을 교묘히 빠져나가고, 빈사 일보직전에 있던 자가 다시 화려히 재기하는 등등의……. '조조가 전쟁에서 연전연패한다. 군량미까지 바닥나자 병사들은 사기를 잃고 조조를 원망한다. 자칫하면 쿠데타가 일어날지 모를 지경에 이르렀다. 조조는 잔꾀를 쓴다. 심복과 짜고 그에게 누명을 씌운다. 어느 날 심복을 체포한다. 형장에 이끌어 내 군사들이 보는 앞에서 군수물자를 착복했다는 죄명으로 참수한다. 군량미가 없어진 이유를 알게 된 부하들은 조조를 재신임하고 다음 전투에서 목숨을 다해 싸워 승리한다. 조조는 자기를 위해 희생한 심복의 삼대 자손까지 후하게 지내도록 대접해 준다.' 이런 이야기가 곁들여 있다면 내 친구는 더없이 환호한다. 이 사극에는 그런 극적인 장면이 자주 나온다.

내 친구는 등장인물 중에 누구를 좋아할까. 실권자인 왕? 야심가인 김자점? 꾀에 능한 조 씨? 아니면 속셈을 감추고 왕과 세자 사이에서 엉큼하게 줄타기를 하다가 보위에 오르는 봉림대군? 내 친구는 나처럼 그 어느 누구의 편도 아니고, 등장인물 모두를 좋아할 것 같다. 나와 다른 관점이 있다면, 이 사극을 통해 나는 감동을 받는데 반해 그는 교훈을 얻고자 한다.

내가 보기에, 극 중 인물들 대다수가 실리보다 명분에 집착하며 비생산적인 일로 일상을 허비하고 있는 듯하다. 화려한 그들의 삶을 만들어주기 위해 많은 군중들은 신음하면서 밑바닥 인생을 살았을 것이다. 허구한 날을 눈부신 환경 속에서 생을 찬미하며 살아갈 수 있었던 사대부 집 사람들의 발아래에는 시름에 겨워하는 민초가 있다. 강 빈이 사가로 쫓겨나 오라비들과 당숙 같은 이들이 그녀 곁으로 몰려들어 재기를 논의하는 모습도 내 눈에는 우리 사회를 병들게 하던 독소로 보인다.

등장인물들은 너나없이 애국자 행세를 한다. 효종조차 실현 가능성이 없는 북벌 정책으로 자신이 애국자임을 위장한다. 어느 누구든 자기가 하는 일이 모두 나라를 살리는 길이란다. 오늘날의 정치인들이 툭하면 국가와 국민들을 걸고넘어지는 것과 같다. 예나 지금이나 애국자가 홍수처럼 철철 흘러넘쳐나는데 조국은 왜 이리 국력이 쇠하는지 나는 이해할 수 없다.

"6 · 25 전쟁의 난리통에 학도병으로 나간 남학생들 중 상당수가 돌아오지 못했어요. 여자로 태어나 의학을 공부하게 된 것은 국가로부터 엄청난 혜택을 받은 것이라는 생각이 들었지요. 그래서 그들에게 정신적 빚을 갚아야 한다고 마음먹었고, 훌륭한 의사가 돼 조국에 봉사하는 것이 그 길이라고 생각했어요."

팔순을 넘기면서까지 병원과 학교 사업을 팽창시키며 과욕으로 비쳐지던 이길여 여사의 부정적인 모습은 애국심 어린 이 한 마디로 아름답게 치장된다.

을사오적의 중심인물인 이완용도 한때는 독립협회를 이끌며 애국심에 불탔다. 극과 극은 일치한다. 애국과 매국은 백지 한 장 차이이다. 이완용의 곁에는 서재필, 최남선, 박영효 같은 인물들이 있었다. 그 당시에 공산주의 사상에 물든 자들도 하나같이 애국자 집단이었다.

애국자라고 함부로 칭송할 게 아니고, 매국노라고 무조건 손가락질만 할 건 아니다. 교사들의 극단적인 사고는 학생들로 하여금 그릇된 선입관을 심어주는가 하면, 때로는 과격한 학생 운동의 불씨를 제공하기도 한다.

최근에 최순실의 국정 농단 사태 때 여당을 매몰차게 몰아치던 야당 사람들 또한 왜 그리 밉상인지, 극중 인물들의 행태와 별반 달라 보이지 않는다. 부왕을 지엄한 존재로 떠받들어 자신의 입지를 굳건히 다지려는 봉림대군의 모습과 김일성 시신이 안치된 금수산 기념 궁전에서 허리를 90도 각도로 구부려 최고의 경의를 표하며 자기를 따르라던 북한 최고 권력자 김정은의 모습이 다르게 있을까.

인조 역을 맡은 이덕화야 국민 배우로서 거론할 여지가 없지만, 조 씨 역의 김현주는 이 사극으로 인해 그녀가 출연하는 드라마마다 시청률만큼은 보장된다는 속설을 다시 한 번 확인시켜 주었다. 칼끝이 급소를 노리는 듯한 극중 김자점의 표정 연기는 말할 나위 없고, 어의御醫인 이형익과 내시 상선의 감칠맛 나는 연기도 돋보였다.

특히 왕을 가까이에서 보좌하는 상선이 눈빛으로 상대방을 제압한다거나 사내구실도 못하는 주제에……." 하는 조 씨의 비아냥거림에도 꼿꼿이 자기 갈 길을 향해 가는 그의 올곧은 자세는 내시의 권력이 어떻게 하여 막강해졌는가를 상징적으로 보여준다. 권력의 힘을 이용하여 여러 사람들에게 '어진 덕仁德을 베풀라는 동네院'인 안양시 인덕원에 왜 그런 지명이 붙여졌는지 깊은 뜻을 알만 했다. 인덕원은 조선 시대에 내시들이 모여 살았던 곳이다.

드라마 속의 여인들이 여한 없이 입어 보았을 한복의 오색찬란함이 내 시각의 잔상에서 쉽게 사라지지 않는다. 현대적 감각에 맞는 배경 음악과 함께 한복의 고운 때깔이 텔레비전 화면을 찬연히 수놓으면 내 눈과 귀가 호강을 한다. 꽃무늬가 들어간 형형색색의 화사한 빛깔을 눈요기하는 것만으로도 가히 궁중 여인들의 생은 풍요로웠으리라.

"상감마마, 소인에게 원이 하나 있나이다."

"무엇이더냐?"

"화려하게 피어나는 꽃처럼 살다 가게 해 주옵소서."

"아무렴, 들어주고말고."

조 씨는 잠깐이나마 화려한 꽃처럼 살다 가기를 원했다. 허나 권력의 맛을 보게 된 후 그녀는 영원히 지지 않을 꽃이 되기 위하여 자기 아들인 숭선군이 왕위에 등극하기를 꿈꾸었다. 궁전 안에 핏물이 발목까지 차도 이루어지지 않을 그 허망한 꿈을 위해서……. 그렇게 그녀는 한껏 개화했다가 흐드러지는 꽃 이파리처럼 짧은 한 생애를 살다 갔다.

조 씨는 당나라 측천무후의 파란만장한 일대기를 알고 있었던 걸까.

측천무후는 비천한 가정에서 태어나, 요부의 기질을 발휘하여 후궁이 되었으며 정적이던 황후의 두 다리를 잘라 술독에 담가 죽이면서 독부로 변신한다. 황후를 모함하기 위해 친딸을 목 졸라 죽이기까지 한다. 황제의 어머니로도 양이 안 찼던지 두 아들을 죽여 드디어 본인이 권좌에 오른다. 중국 역사상 유일무이한 여 황제였던 것이다.

조 씨는 어쩌면 이런 과정을 원했을지 모른다. 그러나, 어떤 기적이 일어난다

해도 그녀의 손에 권력이 쥐어지리라고 믿는 이는 아무도 없었다. 그녀는 꾀로 다스리는 계략은 능했을지언정 포용으로 감싸는 지략이 없었다. 어둠은 결코 빛을 이기지 못한다.

'꽃들의 전쟁'을 한자로 표현하면, '꽃 화'에 '싸울 투'자를 써서 '화투花鬪'이다.

일제 강점기 때 조선인들이 애국 운동을 할세라 여가 시간을 놀음 문화로 바꾸기 위해 일본인들이 들여와 널리 퍼뜨렸다는 화투. 식민지 백성들의 정신세계를 병들게 할 요량이었다는 화투가 그 옛날 조선의 궁궐 안에서 사랑과 권력을 품 안에 넣기 위해 피비린내를 풍기며 아귀다툼하던 여인들의 모습으로 남아 오늘날 우리 앞에 실상을 드러내었다.

역사 속에 묻혔던 꽃들의 전쟁은 370여 년이 지난 지금 악몽처럼 되살아났다.

어느 두 여인이 꽃으로 환생을 했다. 하나는 궁궐의 온실 속에서 귀하게 키워진 난초였고, 다른 하나는 야생으로 아무렇게나 자라난 들꽃이었다. 바람에 실려 날아다니던 그 꽃들의 씨앗이 뭔가 서로 죽이 맞아 짝짜꿍하더니 거친 들판에서 야합野合을 했다. 세상이 망하려는지, 암꽃끼리도 새 생명을 잉태할 수 있었다. 한순간에 난초의 족보가 더러워졌다. 이 사실을 안 온실 주인은 자신이 키우던 소중한 동양란이 벼락 맞을 짓을 했다며 진노했다.

두 꽃들은 서로 상대방을 탓하며 주인 앞에서 화투를 벌였다. 그러면서 자기만 주인의 사랑을 받아 궁궐의 온실 속으로 들여 보내지기를 애원했다. 그러나 화가 머리끝까지 치밀어 오른 주인은 둘 다에게 물 주기를 중단했다. 양분 공급이 끊기면 바로 꽃이 시들어 버릴 텐데, 이 꽃들은 얼마나 생명력이 끈질긴지 꽃 이파리가 땅바닥에 떨어져 흩날리면서 무수한 민중의 발굽 아래에 짓밟힐지언정 쉽게 세상과의 인연을 끊지 않는다.

주인은 분신처럼 아끼던 화초를 잃은 슬픔에 겨워 땅을 치며 흐느끼고 있다.

아, 이놈의 꽃들의 전쟁은 언제야 끝이 나려나. 오호! 애재라. 헬조선의 애달픈 현실이여.

【동인문단】 평론

이원규

이원규

시인 / 전기작가 / 칼럼니스트
글길문학동인회 동인
〈일간경기〉에 매주 월요일 「경암 이원규의 된걸음 세상」
「이원규의 북카페」 연재 중

노마드, 영원한 푸른 하늘의 꿈

지난 여름 무더위는 가히 살인적이었다. 밖에 나가기가 겁이 나고 안에 있자니 에어컨조차 순환의 바람으로부터 오는 거라서 영 못마땅했다. 도심이라면 그럭저럭 더위를 피할 데가 많겠지만, 시골도 요새는 많이 변했다. 골목까지 콘크리트로 땅을 덮어 놓아 반사열이 장난이 아니다. 중심가로 나가면 관공서나 은행에서 무슨 볼일이라도 있는 것처럼 행세하며 잠시 더위를 피해 보지만 아무래도 눈치가 보인다. 가장 좋은 곳은 역시 항온항습조가 가동되는 박물관이다.

필자는 우연한 기회에 2000년대 중반, 잠시나마 교육박물관 학예연구실장으로 발령받아 근무했었다. 세상 물정에 어둡고 뭐가 뭔지 모르던 때라서 그 완장(?)이 대단한 감투인 줄로 착각하고 겁 없이 쏘다녔다. 듣기 좋은 말로 벤치마킹한답시고 관장님을 대동하고 자주 출장(?) 갔던 곳이 미술관·박물관이다. 입장료 걱정은 안 해도 됐다. 겸사겸사 들렀다면서 말을 걸고 명함을 건네면 아무 소리 안 해도 어느 틈에 커피 혹은 차가 자동으로 나왔다. 내 생에서 그 시절은 꽃피던 봄날이었다.

고백건대, 이 시집의 표지화로 흔쾌히 작품 사용을 허락하며 신예 청연 시인에게 진심 어린 격려를 아끼지 않은 황제성 화백은 필자와는 고교 동문이다. 그 당시에는 학년과 학과가 달라서 살갑게 교류는 못 했지만, 필자가 군대에서 휴가를 나왔을 때 미대에 진학했다는 소문은 얼핏 듣긴 했다. 필자도 고교 시절 특별활동은 미술부였던지라 미대에 다니는 동창이나 선배들과는 꾸준히 관심 두고 어울리며 그림에 대한 연줄은 끊지 않고 이어졌다. 그러다가 직장 따라 부산으로 이주하는 바람에 20여 년간은 소식이 끊겼다.

세월이 흘러 오늘날에 이르니, 황 화백은 국전에서 최고의 영예인 대상도 받았고, 인터넷 미술품 경매 사이트 포털아트에서 최고의 인기도 누리는 골든 아이(Golden Eye)로 성장했다. 불볕더위가 기승을 부리는 지난 무덥던 한여름에, 초대전이 있다 해서 직접 작품을 대할 기회도 있었다. 젊은 시절부터 귀공자 타입이었던 그의 작품을 대하니 범접할 수 없을 아우라(Aura)를 고급스럽게 뿜어내고 있었다.

줄기차게 끌고 온 주제인 〈순환의 바람으로부터〉는 지금도 황 화백의 트레이드마크이자 변함없는 아이콘이다. 사진보다도 오히려 더 정확하고 실감 나는 그림이다. 색도 잘 쓰지만 붓질 솜씨 또한 예사롭지 않아 볼수록 눈을 의심케 한다. 관객들은 극사실주의 기법의 초현실적 상황에서 멈칫한다. 그러나 풍성한 스토리텔링에 이끌려 동화적 판타지 세계로 마법에 걸린 듯 어느 틈에 빠져든다.

한두 송이의 꽃으로 화면을 꽉 차게 그린 다음에 어디에서 데려왔는지 얼룩말, 사슴, 피노키오, 에디슨 축음기, 소파, 침대, 여행용 가방, 지프, 헬리콥터 등을 화면 안으로 툭툭 던져 놓는다. 그것들은 마치 오랫동안 머물던 거처에 있는 것처럼 의젓하고 평화롭다. 털끝만큼도 어색하지 않게 하나로 융합된 이미지는 화면에 착 달라붙어 마치 유목민처럼 제자리를 잡는다. 일견 엉뚱해 보이는 사물들은 사진보다 더 사실적으로 편안한 표정이다. 황 화백의 열정과 에너지가 담긴 순환의 바람을 계속 불어넣어 주기 때문이리라. 딱 한마디로 표현하자면, 그럴싸한 모임에 초대돼서 괜찮은 사람들과 어울리며 처음 맛본 고급 음식처럼 어떤 말로도 표현할 수 없는 맛처럼 눈에 착 달라붙는 그런 느낌이다.

감성시를 즐겨 쓰는 청연靑演 조은영 시인이다. 전업으로 글을 쓰다가 2014년, 설중매 문학상 공모전에 「사랑앓이」 외 2편이 당선되면서 공식 데뷔했다. 이미 2003년 실화를 바탕으로 쓴 드라마 원고를 써서 필력을 인정받은바 있으며, 올해 초, 첫 시집 『사랑비가 내린 후에』를 출간하면서 인터넷을 통해 많은 독자도 확보했다. 그에 힘입어 연달아 2집을 출간한 것이다. 그 외에도 또 시집 1권 분량의 시가 보관돼 있을 정도로 왕성한 창작력을 발휘하고 있다.

청연이 첫머리 '시인의 말'에서도 밝히고 있듯이 황제성 화백의 그림에서 좋은 주제와 소재를 얻었다. 시와 그림으로 사물을 바라보는 눈이 같았다는 당돌한 생각으로 그림을 감상하면서 시로 바꾸었다. 40년 이상 외길을 걸어온 화가와 감수성 풍부한 40대의 감성 시인이 만나 펼쳐지는 시와 그림의 세계에서 필자도 함께 어울려 신바람 나는 재간을 발휘해 해설을 쓸 기회가 왔다. 70여 편의 시를 어마어마하게 총 10부로 나눴다. 맨 앞으로 내세운 시 「생명의 날개를 달아」부터 빼 읽었다.

　다시 태어나면
　정착하지 못한 그들에게
　나만의 세계를 보여 주고 싶다

　소중한 것은 무엇이든
　바람은 왜 부는 것인지

　걷지 않고 자동차를 타고
　잔디 위보다
　소파에 앉는 걸 좋아하는지

　　　　　　　　　　　　　　　_「생명의 날개를 달아」부분

첫 작품부터 예사롭지 않다. 황 화백의 그림을 완전히 꿰고 있다. 황 화백의 〈순환의 바람으로부터〉 1번은 초록의 이파리를 틔우는 생명의 신비를 다룬 청색 계열의 극사실 작품이었다. 지금처럼 환상적이거나 초현실적이지는 않았다. 고목의 보굿을 뚫고 나오는 생명의 신비를 담담하게 묘사했을 뿐이다. 그렇다. 청연이 바로 보았다. 황 화백은 노마드를 통해 희망의 메시지를 그렸다.

청연은 황 화백의 그림에서 '살아 있는 생명에 날개를 달아 / 숨 쉬고 노래하는 것들을' 느꼈던 모양이다. 그래서 '살아 있다는 것은 / 정말이지 감사한 일' 이라며 황 화백과 줄탁동시 하게 됐다. 그야말로 청연 (병아리)은 깨달음을 향하여 앞으로 나아가는 수행자요, 황 화백(어미 닭)은 청연에게 깨우침의 방법을 일러준 스승이 된 셈이다. 표지화가 된 두 번째 시에는 그러한 진심 어린 격려에 감사하는 마음을 듬뿍 담았다. 이처럼 사랑은 세상을 돌리는 강력한 동력으로 빛을 발한다.

청연은 긍정적이면서도 매우 도발적인 성격의 소유자이다. 카톡으로 대화를 나누다 보면 거침없이 자신의 할 말을 쏟아낸다. 어떨 때는 내가 할 말도 잊고 멍때리고 있어도 공격은 멈추지 않는다. 대부분 그 정도가 되면 어지간한 사람은 녹다운된다. 하지만 필자도 산전수전 공중전까지 거치면서 험한 세상과 맞짱 떠 굳은살로 온몸이 무장된 상태다. 끝날 때까지 참고 참았다가 단답형 답변을 보내면 이내 자신의 잘잘못을 가려내고 즉시 바로잡을 줄도 아는 지혜와 긍정 마인드도 청연은 겸비했다.

시인으로 살아온 날들을 뒤돌아보면 결국 남아 있는 것은 후회와 허망함이 앙금처럼 바닥으로 가라앉아 굳는 것도 훤히 보인다. 예술은 그것마저도 소재로 삼아 쪼아내는 고도의 테크닉을 요구하는 장르이다. 상처를 치유할 당찬 의지가 없다면 애초부터 접근하지 말아야 할 불가침 지역이다. 때로는 상처 입은 다른 이들도 구제한다고는 하지만, 그럴 만큼 여유를 부릴 작가는 영 콤마 영영 퍼센트 정도밖에는 세상에 존재하지 않는다. 각설하고, 중간 후반으로 훌쩍 뛰어넘어 제6부에 수록된 작품으로 넘어간다. 역시 꿈을 찾는 중이었다. 행간을 널쩍하게 한 칸씩 띄워서 흥분을 가라앉히며 조심조심 숨 고르기 중이다.

불어온다

스며든다

바람이 꽃들에 스쳐 가는 건

당연한 일이겠지만

내가 바람을 나의 이상과

닮았음을 주장하는 단 한 가지 이유는

바람의 순환으로부터 시작되었기 때문이다

네 생각이야 어떻든 말이다

서로 사랑하듯이.

_「꿈을 찾아서」 전문

그림은 씨줄과 날줄로 엮인 화폭에서 원하는 생명이 살아 숨 쉴 때까지 칠하고 또 칠하고 때로는 다시 긁어낸 후 덧칠하는 고된 육체노동 끝에 세상 밖으로 나온다. 시 또한 그 과정이 다르지 않다. 시인은 밑도 끝도 없는 허공에 그물을 치고 희망을 낚는다. 시인은 온 세상 고통과 불안과 번민까지도 혼자 짊어진 채 천형의 고행길을 자처하기도 한다. 그림은 보는 시각이나 그때그때의 기분에 따라 느낌이 달라 보일 수 있지만, 시는 성문화된 글자라서 빼도 박도 못한다. 그러나 시를 다른 감정으로 바꾸려면 단어 몇 개를 빼 위로 아래로 옮겨도 되는 장점도 있다. 하지만 그림은 아예 다 지워 버리고 다시 처음부터 시작해야 한다. 우리네 삶도 마찬가지다.

그런데도 황 화백의 그림에서 비밀코드를 찾아내 푸는 청연의 시도가 참으로 대견하다. 둘이서 많은 이야기를 주고받은 사이가 결코 아니다. 그런데도 경이롭고 매혹적이고 세련되고 다양한 감동을 깊은 우물에서 두레박으로 찬물을 끌어올리듯 계속 퍼내고 있다. 둘 다 탄탄한 묘사력으로 맘껏 상상의 나래를 펼치면서 적절하게 순환의 바람을 불어넣는다면 그 생명력이 한층 더 오래도록 사람들의 가슴속에서 살아남을 것이다.

청연의 시를 평범한 감성 시로 대하면서 읽는다면 실패한 읽기다. 모스부호와 같이 툭툭 건드리는 암호를 판독할 능력이 없다면 잘못 읽거나 끝내 읽어 낼 수가 없다. 이번 시집의 시들도 감성으로 위장한 채 철저하게 알레고리(allegory)를 주입한다. 시편마다 귀한 말씀(?)들이 몽둥이로 변해 느닷없이 후려친다. 평범한 소재들도 황 화백이나 청연의 손아귀에 잡히면 색달라진다. 자신들의 화두를 요리조리 끌고 다니면서 신나게 한바탕 즐기시라.

시를 그림으로 그려 내고 그림을 시로 풀어낸 경우가 없었던 건 아니다. 하지만 시 같은 그림, 그림 같은 시의 만남이란 쉽지 않다. 작품 속에는 작가가 미처 하지 못한 혹은 일부러 감춰 둔 이야기가 장편 소설만큼이나 과감하게 생략되기도 하기 때문이다.

애초에 넘겨받았던 원고가 갑자기 바뀌는 황당한 사건도 발생했었다. 먼젓번 원고는 잠시 보류하란다. 이 원고부터 시집으로 내야겠단다. 왜냐고 물으니, 갑자기 황 화백의 그림에 필이 꽂혔단다. 털끝만큼도 딴 맘은 없다고 했다. 더 놀라운 사실은 70여 편을 불과 열흘 만에 탈고했단다. 필자도 예상하지 못했던 대반전이다. 아무리 생각해 봐도 불가사의한 기적이다. 감수성이 예민한 것은 이미 감지했지만 이처럼 단숨에 호쾌하게 써 낼 줄은 미처 몰랐다. 그림과 시가 만나서 떠도는 사랑 이야기가 결코 아니다. 더는 방황하지 않고 안정된 보금자리를 찾아 오래도록 정착하고픈 '노마드의 꿈'을 보여 주고 있다.

마지막 제10부, 「명리(名利)」에 '감동과 희망을 남기고' 싶었던 청연의 진솔한 고백이 담겼다. 도대체 '명리'가 뭔지 국어사전을 넘겼다. '세상에서 얻은 명성과 이득'이라고 풀이돼 있다. 그렇다면, 명성과 이득을 챙기려고? 그게 아니라 했는데…. 그 밑에 2번 항으로 '하늘에서 부여한 운명과 자연의 법칙'이라는 또하나의 해석이 있다. 아뿔싸! 괜히 청연의 속마음을 의심했다는 생각을 급히 거둬들이며 시치미 뚝 뗐다. 그런 필자의 표정을 상상해 보시라.

「명리」 다음에 있는 이 시집의 맨 마지막 시 「시인詩人과 화가畵家」에서 청연은 '시인은 시로 그림을 그려 가고 / 화가는 그림으로 시를 쓴다'고 말한다. 그래서 글이나 그림이나 '모든 대상의 속성을 꿰뚫어 보는 능력은 같다'는 결론까지 끌어내고 있다.

E·H 곰브리치는 "화가가 의문을 갖고 탐구하는 것은 물리적 세계로서의 자연이 아니라 우리가 반응하는 것으로서의 자연이다."라고 말했다. 그렇다. 아무런 생각도 없이 있는 그대로의 풍경을 베낀 그림이라면 거기에서 어떤 의미나 사상을 찾아야 할 이유가 없다. 시 또한 마찬가지다. 한 편의 시는 활자화된 글자가 전부가 아니다. 그 시를 쓴 시인의 말을 읽는 게 아니라, 그 시인의 시가 말하는 농축된 철학적 사유를 찾아내는 읽기라야 올바른 읽기가 된다. 니체(Friedrich Nietzsche)도 "글을 쓰려면 피로 써라. (…) 다른 사람의 피를 이해하기란 쉽지 않다. 그래서 나는 게으름을 피우며 책을 읽는 자를 미워한다."라고 말했다.

'노마드(nomad)' 하면 가장 먼저 떠오르는 이가 있다. 800여 년 전에 몽골에서 유라시아까지 동서를 잇는 실크로드 시대를 열었던 역사상 가장 위대한 정복자, 알렉산더 대왕보다도 더 많은 땅을 차지했던 초원의 황제 칭기즈 칸이다. 그의 기백은 20세기가 끝날 때까지는 동양인이라는 편견으로 주목받지 못했다. 그러나 칭기즈 칸은 뒤늦게 부활했다.

　요즘 사람들은 직장을 따라 이동하는 게 일상이 됐다. 결국, 누구나 부유하다면 즐기려고, 가난하다면 살아남기 위해 노마드가 될 수밖에 없는 세상으로 탈바꿈 됐다. 세계 초일류 기업으로 성장한 S기업에서도 생존을 위한 노마드 전략을 필수로 경영에 접목해서 성공했다. 영원한 푸른 하늘을 꿈꾸는 칭기즈 칸이여! 시여! 그림이여! 영원무궁 빛날진저….

역대 임원 명단

회장/부회장/편집장/총무/감사(順)

초대(1981)   한석홍/김세진/이필분/이경희/이재선
2대(1982)   오명세/이동복/이필분/유영록/이선
3대(1983)   이한순/이동복/민옥순/송인숙/우태수
4대(1984)   이동복/박재성/민옥순/이명자/김은자
           박영환/박재성/이명자/원정섭/이필분
5대(1985)   박영환/이원규/유영록/노복임
6대(1986)   임승수/최재석/권인민/유명숙
7대(1987)   한석홍/정순목/이영미/장재훈/홍미자
8대(1988)   장영호/최재석/홍미자//박영환/이해화
9대(1989)   장영호/양한민/유명숙/이용호/백남미
10대(1990)   장영호/현종헌/박삼례/이형철/백남미
11대(1991)   이형철/권장수/한남순/최재석/장영호
12대(1992)   이형철/권장수/한남순/권장수
13대(1993)   이형철/권장수/한남순/이용호
14대(1994)   이형철/육성진.김해숙/이국주/서경숙
15대(1995)   최재석/한상준.김해숙/한상준/박현숙
16대(1996)   최재석/한상준.김해숙/최낙완/이상근
17대(1997)   한상준/김해숙.이상근/석철환/정용화
18대(1998)   한상준/김해숙/이상근/석철환/정용화
19대(1999)   석철환   한상준/김우경
20대(2000)   석철환   한상준/김우경
21대(2001)   석철환   한상준/김우경
22대(2002)   김기동/오영애.장호수/김용원/윤경희
23대(2003)   김기동/오영애.장호수/김용원/윤경희
24대(2004)   이원규/오영애.장호수/김용원
25대(2005)   이원규/오영애.장호수/김용원
26대(2007)   권장수/김용원   /김기동/유승희

27대(2008) 장호수/김용원, 유승희/최정희/김은숙
28대(2009) 장호수/김용원, 유승희/김용원/김은숙
29대(2010) 김용원/박공수, 최정희/최정희/유승희
30대(2011) 김용원/박공수, 최정희/이무천/유승희
31대(2012) 김용원/박공수, 최정희/최정희/김은숙
32대(2013) 김용원/박공수, 최정희/김은숙/
33대(2014) 김용원/박공수, 신준희/김은숙/민경희
34대(2015) 김용원/박공수, 신준희/김은숙/민경희
35대(2016) 김용원/박공수, 신준희/김은숙/백옥희
36대(2017) 김용원/박공수, 신준희/김은숙/백옥희

글길문학동인연락처

구분	성명	분야	E-mail
지도	김대규	시	kee0602@naver.com
자문위원	권장수	시	tksqhstlfla@hanmail.net
자문위원	최재석	시	kshc5006@hanmail.net
직전회장	장호수	시	jhs50009@hanmail.net
회장	김용원	시	ywon0724@hanmail.net
부회장	박공수	시	wheemory@hanmail.net
편집장	김은숙	시	pkes0405@hanmail.net
부회장	최정희	시	jhchoi-313@hanmail.net
부회장	신준희	시	lamb313@hanmail.net
총무	백옥희	시	hanhwa3052@hanmail.net
편집위원	최영미	시	chdnjf12@hanmail.net
동인	강희동	시	halelruya3@hanmail.net
동인	권영란	시	rajaz98@hanmail.net
동인	김근숙	시	kskim77@korea.kr
동인	김민정	시	kminji0511@naver.com
동인	김은영	시	eunyeong1437@hanmail.net
동인	민경희	시	haleruya3@hanmail.net
동인	박재성	시	park01501@hanmail.net
동인	석철환	소설	seok0598@hanmail.net
동인	신종훈	시	
동인	소명식	시	sosang77@hanmail.net
동인	손흥기	평론	hk9627@hanmail.net
동인	유승희	시	qufanfl2006@hanmail.net
동인	이미선	시	eden68@hanmail.net
동인	이무천	시	mc8274@hanmail.net
동인	이성호	수필	chungrimco@hanmail.net
동인	이원규	시	one-q-lee@hanmail.net

구분	성명	분야	E—mail
동인	이연숙	시	dus6763@hanmail.net
동인	이현진	시	
동인	최승민	시	cisily@naver.com
동인	최태순	시	tschoi7433@hanmail.net
동인	한상준	평론	tanm0505@hanmail.net
동인	현종헌	수필	jejuisland@hanmail.net
동인	홍은희	시	

편 집 후 기

글길문학동인회의 동인지인 글길문학 제44집을 발간합니다. 우리 글길문학은 올해로 창립 35주년을 맞았습니다. 그 긴 시간동안 글길을 지켜온 모든 분들께 감사드리며, 올 1년간 갈고 닦은 여러분의 원고를 이렇게 엮었습니다.

그동안 곁에서 지도해 주시고 조언 해주신 김대규 선생님, 그리고 자주 모이지 못해 서먹해진 여러분께 원고를 부탁드리면서 좀더 열정적이지 못한 것이 아쉬웠는데, 선뜻 마음모아 원고를 내주시고 함께 해주신 동인 여러분 감사합니다.

글길문학에 관심 가지고 선뜻 축하글 보내주신 안양문협 박인옥 회장님 그리고 찬조 작품으로 함께해 주신 문학단체 회장님들께도 감사 말씀 드립니다.

마지막으로 책을 출판해 주신 도서출판 시인의 장호수 사장님께도 진심어린 감사의 인사를 드립니다.

글길문학동인회가 더욱 알차게 성장하기를 바라면서 동인 여러분의 기대에 부응하려 노력했습니다. 다행히 이렇게 책을 엮을 수 있었던 것도 동인여러분의 마음이 하나하나 모여서 가능했습니다.

여러분 감사합니다.

_편집장: 김은숙
_편집위원: 박공수, 신준희

글길문학 제44집

초판 인쇄 2017년 12월 10일
초판 발행 2017년 12월 20일

지은이 글길문학동인회(김용원 회장 외)
펴낸이 장 호 수
북디자인 김 은 숙
인쇄·제본 (주)금강인쇄
펴낸 곳 도서출판 시인
　　　　등록번호 제384-2010-000001호
　　　　등록일자 2010년 1월 11일
　　　　13992 경기도 안양시 만안구 안양로 320번길 20(안양동) B동 2층
　　　　Tel 031-441-5558 Fax 031-444-1828
　　　　E-mail : siin11@hanmail.net

© 글길문학동인회 2017
카페 · cafe.daum.net/ggmh

ISBN 979-11-85479-15-6 03810

정가는 뒷표지에 있습니다.

※ 이 책은 2017년 안양시 문화예술진흥기금 일부 지원받아 제작되었습니다.